TANZAÏ
ET NÉADARNÉ,
HISTOIRE
JAPONOISE·
TOME SECOND.

A PEKIN,

Chez LOU-CHOU-CHU-LA, seul Imprimeur de
Sa Majesté Chinoise pour les Langues
Etrangeres.

M. DCC. XL.

TABLE
DES CHAPITRES.

LIVRE TROISIE'ME.

ā   *de*

TABLE

LIVRE

DES MATIERES.

LIVRE QUATRIE'ME.

TANZAÏ
ET
NÉADARNÉ.

LIVRE TROISIE'ME.

CHAPITRE I.
Qui ne dément pas les deux autres.

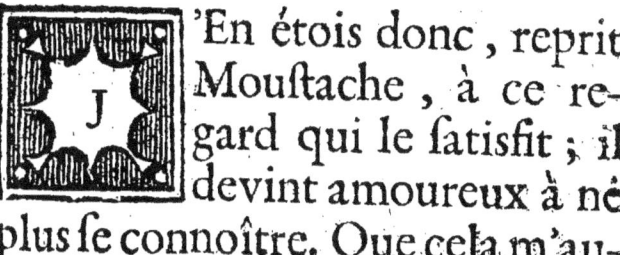

J'En étois donc, reprit Mouſtache, à ce regard qui le ſatisfit ; il devint amoureux à né plus ſe connoître. Que cela m'au-

roit contenté, fi j'avois pû voir
fon aliénation d'efprit dans toute
fon étenduë ! Mais ma raifon
avoit couru après la fienne, &
l'amour m'empêcha de connoître
fon départ, & de fouhaiter fon
retour. Le Prince & moi, étions
convenus, ainfi que cela fe pra-
tique communément, de n'avoir
en public l'un pour l'autre qu'u-
ne apparence d'amitié & de politeffe, & qu'en particulier nous
nous dédommagerions, ainfi que
cela fe fait encore, de cette
cruelle contrainte. Il y avoit au
pied de mon appartement, un
jardin où il n'entroit que moi,
j'en avois donné une clef au Prince ; auffi-tôt que l'on étoit retiré,
j'allois l'y trouver, & tous deux
affis fous un Bofquet de Myrthes, nous nous donnions les
plus tendres affurances de notre
amour.

amour. Toutes mes nuits se paffoient de la même façon, & je ne
l'aurois pas fait pour quelqu'un
qui m'auroit moins aimée que
Cormoran ne faifoit ; mais je fçavois bien que quand mon tein y
auroit perdu de fon éclat, & que
j'en aurois eu les yeux battus, il
ne s'en feroit pas apperçu. Ce
qu'on ne croira peut-être pas,
vû nos defirs & la commodité
que nous avions de les fatisfaire,
c'eft que des rendez-vous fi charmans fe paffoient fans que les
emportemens du Prince n'atta-
quaffent prodigieufement ma
vertu. Quelquefois il me parloit de fon martyre, & de la
difficulté qu'il trouvoit à le fupporter, j'en étois quitte alors
pour quelque bagatelle, dont en
attendant mieux il vouloit bien
fe contenter : Souvent je brûlois

de lui en accorder davantage ;
mais la nuit couvroit mon defordre, & fa refpectueufe retenuë me fauvoit de ma foiblefſe.
Dans de certains inftans je lui en
voulois du mal, mais je ne le lui
difois pas.

Étonné fouvent d'une réferve
fi inconnuë dans notre Cour, il
m'en faifoit des reproches amers.
La facilité que je lui avois mon-
trée la premiere fois, ne lui avoit
pas laiffé prévoir une fi longue
réfiftance, j'en étois moi-même
furprife, mais je voulois qu'il
m'eftimât, & l'amour propre
triomphoit en moi de la paffion.
Quand je m'en fouviens cependant, que ces momens font douloureux ! Un homme aimable,
aimé, qui infpire autant de defirs que vous en pouvez faire
naître, eft feul avec vous la nuit.

Il

Il prend des libertés que vous
fouffrez , & vous réfiftez ! ce
n'eft pas la vertu qui fauve une
femme de ces dangereufes occa-
fions , elle n'en a plus dès-lors
qu'elle les cherche. En pareil
cas , une coquette peut feule fe
garantir des tranfports d'un a-
mant ; je fçais que la coquetterie
eft moins méritoire que la vertu,
mais auffi eft-elle plus utile. Il y
avoit quinze jours que Cormoran & moi nous nous aimions ;
avec les précautions extrêmes
que nous avions prifes , il n'y
avoit que toute la Cour qui fe
fût apperçûë de notre intelligen-
ce. Cependant le refpeæ qu'on
me portoit empêchoit qu'on n'en
fît tout haut des plaifanteries. Le
Génie feul , malgré l'interêt qu'il
avoit à connoître mon cœur ,
ignoroit encore fon rival. Il fça-

voit qu'il n'étoit point aimé ;
mais , soit présomption , soit
l'idée qu'il avoit de mon indifférence , il ne croyoit pas que je
fusse sensible pour un autre. Enfin , trop amoureux & trop jaloux pour n'être point clair-
voyant , il commença par soup-
çonner qu'une passion secrete ,
dont mon cœur étoit rempli ,
étoit ce qui le lui fermoit. Il
porta ses regards sur tous les
Courtisans , & au milieu de ce
cruel examen , il les arrêta sur
Cormoran. Il avoit découvert en
lui une attention qui lui parut
tenir plus de l'amour que du respect. Il avoit surpris entre nous ,
de ces regards que, malgré la contrainte qu'on s'impose , l'amour
anime toujours trop , pour n'être
pas remarqués. L'attention du
Prince quand je parlois ; la complaisance

plaifance flatteufe avec laquelle
je l'écoutois , les éloges que je
donnois à fes moindres difcours;
mille chofes fur lefquelles on ne
s'obferve point , & qui toutes
légeres qu'elles font , parvien-
nent , mifes enfemble , à faire
un poids , fixérent fes foupçons ,
& les tournerent en certitude.
Quelque envie qu'il eût d'en fçavoir davantage , il n'interrogea
pas les fecrets immenfes de fon
àrt ; il n'ignoroit pas que ce feroit en vain qu'il voudroit s'en
fervir , & que l'amour , toujours
au - deffus de lui , dédaigneroit
de fatisfaire fa curiofité. Réfolu
de s'éclaircir , il ne s'en fia qu'à
lui-même , & jugeant que le
tems de la nuit étoit celui que je
choififfois pour voir Cormoran
avec liberté , il fe rendit invifible , & fe tranfporta dans mon

A 4 jar-

jardin. Cette même nuit, j'avois
réfolu de m'abandonner fans réferve à Cormoran, & de lui donner ma foi. Nous étions déja
tous deux dans le Bofquet des
Myrthes, lorfque le Génie entra.
Il attendoit avec impatience que
je fortiffe de ma Chambre, quand
des foupirs trop marqués par-
tant du Bofquet, déterminerent
fa route de ce côté-là. Hélas !
c'étoit nous qui les pouffions.
Contente de mon amant ; fûre
de fa fidelité, preffée par fes defirs, plus encore par les miens,
je m'étois laiffée aller fur un lit
de gazon. Cormoran, moins timide qu'à fon ordinaire, m'avoit
moins ménagée. Nous fortions
enfin du plus tendre égarement,
& nous nous difpofions avec ardeur à nous y remettre, lorfqu'un tourbillon de lumiere nous
envi-

environna , & nous fit voir , en
fe partageant , le barbare Génie.
A cette vûë , nous demeurâmes
immobiles , nous ne l'attendions
pas. Le dérangement où le Prince m'avoit mife , fubfiftoit encore ; comme il me menaçoit de le
redoubler , je n'avois pas fongé
à la décence. Lui-même , plus
éperdu que moi , étoit dans un
état qui fit imaginer à la jaloufie
du Génie , les plus cruelles chofes. Ma robbe le couvroit prefque tout entier , & plus le Génie
le trouva attentif à admirer je
ne fçais quelles bagatelles qu'en
ce moment il confideroit, moins
il fe crût permis de lui pardonner. Cruelle ! s'écria-t'il , avec
une voix tonnante , eft-ce-là
comme vous vouliez répondre à
ma tendreffe ? Et toi , malheureux, pourfuivit-il en s'adreffant

à

à Cormoran, as-tu bien songé qui
tu offenfois, & crois-tu pouvoir
échapper à ma vengeance ? Elle
eft complette , puifque tu ne
peux mourir, & tous les inftans
de tes jours feront marqués par
les traits les plus funeftes de ma
colere ; qu'on l'enleve , continua-t'il , & qu'on le garde jufques à ce que j'aye ordonné de
fon fupplice.

Le Prince , à ces paroles , dif-
parut, en me tendant les bras.
La furprife & la douleur m'a-
voient d'abord accablée , mais
mon malheur me redonnant des
forces : Barbare ! m'écriai-je , de
quoi peux-tu te plaindre ? Eh !
qui t'a dit que quand tu aime-
rois , tu dûffes toujours être aimé ? Quel droit t'avois-je donné
fur mon cœur ? Oüi , Cormoran
m'a plû , & ta fatale préfence
　　　　　　　　　　　　　me

me fait sentir encore plus vivement à quel point je l'adore. Je
ne crains point ta vengeance ;
quand même tu m'épargnerois ,
je n'en serois pas plus à toi. Toujours occupée des maux de mon
amant , je ne te verrai jamais
que comme le plus odieux de
mes ennemis. Puni-moi , si tu
veux ; mais sois sûr que le tems
& les plus grands malheurs ne
détruiront jamais mon amour ,
& qu'il subsistera autant que
mon aversion pour toi.

Eh bien ? Perfide ? dit le Génie , tu seras contente. Déjà il
s'approchoit pour m'enlever ,
lorsque Barbacela vint me sous-
traire à sa fureur. J'allai long-
tems avec elle dans les airs , enfin elle m'abbatit dans cette
Prairie où vous m'avez trouvée.
Infortunée ! me dit-elle alors,

dans

dans quels abîmes affreux l'a-
mour vient-il de te plonger ? Tu
perds pour jamais l'objet de ton
ardeur ; tu te ferois perduë toi-
même , fi ma puiffance ne t'a-
voit fauvée de la barbarie de
Jonquille. Fui , cache-toi à fes
regards jufqu'à ce qu'un tems
plus heureux te permette de revoir la clarté du jour. Devien
Taupe , & garde-toi de fortir
de cette Prairie. J'ofe , dans l'obfcurité de l'avenir , prévoir pour
toi un fort plus doux.

Un jour viendra qu'un de mes
favoris mettra fin à tes malheurs,
& qu'une Princeffe délivrera le
tendre Cormoran. Alors elle me
frappa de fa baguette , & je ref-
tai toute auffi Taupe que vous
me voyez ; avant qu'elle me
quittât , je lui demandai ce que
le Génie avoit fait de mon amant,

&

& j'appris par elle qu'il l'avoit
condamné à faire éternellement
la rouë & la culebute dans les
Jardins de l'Ifle Jonquille. Vous
verrez, interrompit Tanzaï, que
c'eft à caufe de fon inclination
pour la Danfe, que le Génie l'a
honoré de ce fupplice. Au refte,
je ne doute point que ce ne foit
de moi que la Fée Barbacela vous
a parlé, & nous ferons enforte....
Mais effuyez donc vos yeux,
dit-il à Néadarné qui pleuroit
immodérément, votre pitié va
trop loin : eh bien, elle eft Taupe, & rien de plus ! quant aux
fauts que fait Cormoran, cette
idée n'a rien de fi trifte. Ah que
vous êtes peu tendre ! lui dit
Néadarné, fongez - vous aux
malheurs de deux amans que
l'on fépare, & le Génie ne leur
eut-il donné que cette punition,

n'en

n'en étoit-ce pas affez pour les
faire mourir de douleur ? Qui
me fépareroit de vous pour un
jour, pour une heure, ne caufe-
roit-il pas ma mort ? Mais, dit-
elle à Mouftache, combien y a-
t'il que vous avez perdu Cormoran ? Dix ans fe font écoulés depuis ma funefte avanture, reprit
Mouftache. Barbacela eft venuë
me voir quelquefois, & c'eft
d'elle que j'ai fçû que Jonquille
toujours irrité, ayant appris que
j'étois Taupe, & ne pouvant
deviner ma retraite, a ordonné,
pour tâcher de m'avoir entre fes
mains, que perfonne ne fe pré-
fentât devant lui, fans lui ap-
porter des Taupes, efperant
qu'enfin je ferois prife par quelqu'un. Sans votre généreufe pitié, il n'y auroit que trop bien
réuffi. Je vous en marquerai ma
recon-

reconnoiſſance ; mon pouvoir ,
quoiqu'infiniment ſubordonné à
celui de Jonquille , ne laiſſe pas
de s'étendre loin ; nous appro-
chons de ſes États , ſongez ſeulement à me bien cacher.

Vous croyez donc, dit la Princeſſe , que vous reverrez Cormoran ? Tout contribuë , répondit
Mouſtache , à me le faire croire ,
les promeſſes de Barbacela , votre
rencontre qui commence à faire
un changement dans ma fortu-
ne , & plus que tout encore , la
tranquillité de mon cœur. Vous
qui connoiſſez le Génie, dit Tanzaï , penſez-vous qu'il en veuille
venir avec Néadarné aux dernieres extrêmités ? La choſe ,
ſans moi , ne ſeroit pas douteu-
ſe , reprit Mouſtache , le Génie
eſt facile à toucher : Néadarné eſt
belle , la ſingularité de ſon avanture

ture le piquera peut-être autant
que ſes agrémens. Mais ne pour-
rois-je pas ſuivre Néadarné ? Demanda-t'il encore. Eh ! de quoi
la garantiriez - vous ? Reprit
Mouſtache ; Jonquille aime la
Muſique, vous jouez ſuperieure-
ment de la Vielle, & il pourroit
bien vous condamner pour trente ans au moins à faire danſer
Cormoran. Laiſſez-moi tout ar-
ranger , je vous réponds d'un
ſuccès au-deſſus de toute eſpe-
rance. Le Prince, que l'idée de
Jonquille inquiétoit trop pour
être raſſuré par les promeſſes de
la Fée, ſoupira, & ne répondit
rien , perſuadé que Mouſtache
n'empêcheroit pas plus Néadarné de tomber entre les mains de
Jonquille, qu'elle n'avoit empêché Cormoran de ſauter.

CHA-

CHAPITRE II.

Qui fera bâiller plus d'un Lecteur.

PEndant le récit de Mousta-che, qui, ainsi que le Lec-teur l'a dû sentir, ne laissa pas d'être fort long, on avoit traver-sé la Forêt, & le Prince décou-vrant de loin une grande Ville, demanda son nom. C'est lui ré-pondit Moustache, la Ville des Barbeaux ; elle est grande & peuplée ; son Roi est tributaire du Génie, & son Agent princi-pal dans les affaires amoureuses. Ce Roi a la complaisance de prendre une liste de toutes les beautés de la terre qui ont des avantures fingulieres, telles, par exemple, que celle de la Princeffe, & le Génie fe les fait adjuger au Bureau des Fées, où l'on a mille déférences pour lui. Mais, dit Tanzaï, ce Génie s'eft fait un emploi bien particulier ! quelle forte de plaifir peut-il prendre à profiter des malheurs d'une femme ? Cela n'eft, ni généreux, ni délicat. Vous avez raifon, reprit la Fée, mais cette délicateffe eft aujourd'hui la chofe du monde qui le touche le moins ; il prétend qu'elle feule trouble les plaifirs, ou que quand elle ne fe met pas de la partie, ils n'en font, ni moins réels, ni moins vifs. Il eft difficile de corriger un homme qui s'eft fait un fyftême, & qui pour l'appuyer, fe fonde d'abord fur ce que les

femmes

femmes à fentimens l'ont toujours trompé , en lui donnant
moins de plaifir que celles qui
ne fe livrent à lui que par befoin , ou par fenfualité effective;
& fur la folie qu'il y a de fe pri-
ver , pour un feul objet , de tous
ceux qui pourroient plaire. Cela
fait , repartit le Prince , la plus
mauvaife façon de penfer qu'il y
ait au monde. Je fuis plus content de regarder Néadarné feulement , que je ne le ferois dans les
bras de la plus charmante Fée de
la terre. Vous n'avez peut-être
pas été toujours fi difficile , reprit Mouftache , mais quand cela ne feroit pas , il ne faut point
difputer fur la volupté, elle prend
fa fource dans le caprice , & lui
feul la détermine.

Je crois cependant , dit Néadarné , que pour cette volupté

fi

ſi recherchée , on a beſoin de
s'aider de ſon cœur , & l'homme du monde le plus aimable ,
ſi je ne l'ai pas choiſi , ne fera pas
ſur moi le même effet qu'un
monſtre dont je me ferois une
idée ſéduiſante. Bien des femmes qui penſoient comme vous ,
répondit la Fée , ſe ſont détrom-
pées par l'experience. On ne
peut répondre du moment , il
en eſt où la nature agit ſeule , &
où l'on ſe trouve préciſément
dans le cas d'un ſonge qui offre
à vos ſens les objets qu'il veut ,
& non ceux que vous voudriez.
Le ſonge du Prince en eſt une
preuve , il auroit aſſurément
mieux aimé rêver de vous , que
de la Fée Concombre , cependant.... Oh ſans doute ! interrompit Tanzaï qui s'impatien-
toit des indiſcretions de Mouſtache ,

che, on n'eſt pas maître de ces
ſortes de choſes, mais nous ap-
prochons de la Ville, & c'eſt
une diſpute à remettre à un autre moment. Il n'y a donc pas
loin d'ici à l'Iſle Jonquille? Non,
dit Mouſtache, à quatre lieuës
de cette Ville, on trouve un
grand Lac ſur lequel l'Iſle eſt ſi-
tuée. Des Barques galamment
ornées y paſſent, ſans avoir beſoin de Conducteurs, les beautés
qui ont affaire au Génie, & les
remenent de même.

Avec ces propos, & pluſieurs
autres pas plus intereſſans, ils
entrerent dans la Ville. Tous les
Habitans en étoient du plus beau
bleu qu'on puiſſe voir. Quoique
le Prince & Néadarné voyageaſ-
ſent *incognito*, leur air majeſ-
tueux, leur nombreuſe ſuite, &
la magnificence de leur équipage

ge firent juger aux Bluets que
ces Étrangers étoient des perfonnes de la plus haute diftinction.
Mouftache preffa le Prince de fe
rendre au logement qu'on avoit
préparé, & témoigna tant d'inquiétude, qu'il ne put s'empêcher de lui en demander le fujet.
Ce n'eft pas fans raifon que je
tremble, dit Mouftache, Jonquille eft dans cette Ville, & je
crains qu'il ne me reconnoiffe.
Et que vient-il faire ici ? Reprit
le Prince. Ce n'eft jamais que
l'amour qui l'y amene, répondit
la Fée ; les femmes de cette Ville,
malgré leur couleur, font extrêmément belles, & quand le Génie n'a rien à faire, il s'amufe à
les honorer de fa tendreffe. Les
Habitans qui le craignent, n'o-
fent rien lui refufer, & beaucoup moins les Habitantes. Affurément !

rément ! dit Tanzaï, voilà un
terrible Génie. Ah Néadarné !
que votre beauté va me rendre
à plaindre. Puis-je me flatter,
quand je vous regarde, que Jonquille n'ait pas les mêmes yeux
que moi ? Que fera le pouvoir de
Mouſtache ? Comment vous ſau-
vera-t'elle des deſirs de ce Génie ? C'eſt en vain qu'elle me le
promet ; plus j'approche de mon
malheur , plus l'idée m'en devient ſenſible , je ne puis plus la
ſoutenir. Je ſens même qu'au retour de l'Iſle Jonquille, vous me
ſeriez inſupportable , & que ne
pouvant plus vous eſtimer, vous
ne pourriez plus m'être chere.
Soyez toujours telle que vous
êtes , auſſi-bien votre premiere
forme me ſeroit inutile , ſi elle
vous étoit renduë par Jonquille.
Content de vous , nous nous
plaindrons

plaindrons enfemble de la rigueur de notre deſtinée. Je ne veux que votre cœur, & s'il eſt vrai que la poſſeſſion du mien ſuffiſe à votre félicité, la nôtre ſera entiere. En un mot, loin de vouloir que vous approchiez de l'Iſle Jonquille, je veux que dès demain nous reprenions la route de Chéchian. Que vous me rendez heureuſe ! cher Prince ! s'écria la tendre Néadarné ; mais ne ſouffrez pas de votre complaiſance pour moi. Contente de porter le titre de votre compagne, je verrai ſans regret une autre que moi en remplir les fonctions ; elle me ſera chere par les plaiſirs qu'elle vous donnera : vos loix, ces loix ſéveres ! qu'en vain vous voudriez éluder, n'exigeront plus notre ſéparation. Quand vos ſujets verront les
fruits

fruits précieux d'un second Hy-
menée, ils ne pousseront pas la
barbarie, jusques à bannir votre
amie. Si je suis destinée à cet affreux malheur, si je dois passer
loin de vous, mes jours infortu-
nés, du moins, ajouta-t'elle, en
versant les larmes les plus ame-
res, du moins, ô mon unique
bien ! si je survis à notre sépara-
tion, aurai-je la douceur de penser que j'ai contribué à vos plaisirs. Que dites-vous ? Adorable
Princesse ! s'écria Tanzaï, moi !
que je vous abandonne ? Qu'une
autre que vous attire jamais mes
regards ? Ah ! ne le croyez pas.
Périsse plutôt le Royaume que
je ne pourrois plus vous offrir !
périsse toute la nature ! plutôt
que je me noircisse de la plus
odieuse des ingratitudes. C'est
en vain que les loix voudroient

s'armer contre vous ; en vain
mes Sujets les feroient-ils parler,
dès-à-préfent, je les révoque,
elles fe tairont devant ma puiffance, ou malheur à qui les ofe-
ra faire revivre. Je me révolte-
rois contre les Dieux mêmes !
Non, divine Néadarné, non
votre éloignement ne fera pas la
récompenfe de votre amour pour
moi, & des fentimens que vous
m'avez montrés, lorfque j'étois
dans le cas où vous êtes. Ceffez
de m'en parler, le deftin las de
nous perfécuter, nous prépare
peut-être des jours plus heureux,
ou.... Ne vous en flattez pas,
interrompit brufquement Mouftache. Le Deftin ne révoque pas
fes arrêts au gré des mortels, le
feul Jonquille peut tout pour
vous. D'ailleurs, fi la Princeffe
ne délivre pas Cormoran, que
devien-

deviendrai-je , moi ? Vous voudrez bien , répondit Tanzaï, que
cette inquiétude ne prévaille pas
fur mes interêts. Le Deftin d'ailleurs ne m'ordonne rien fur cet
article , & je n'imagine pas que
vous deviez faire une loi à la
Princeffe , d'une chofe acciden-
telle qu'elle eft maîtreffe de ne
pas faire. Mais , que craignez-
vous ? Reprit Mouftache , quand
je vous affure de ma protection.
Eh ! vous tremblez pour vous-
même , dit Tanzaï. Ce n'eft pas
la même chofe , répondit Mouftache , le Génie peut être à re-
douter pour moi par ma fituation préfente , fans que pour cela je me trouve par-tout fans
pouvoir. Quand la Princeffe fera
dans l'Ifle , j'ai imaginé pour la
fouftraire aux empreffemens de
Jonquille , de ne lui offrir qu'un

phan-

phantôme qu'il prendra pour elle, tant j'aurai foin qu'il lui reffemble.

Je ne prétends pas, dit Tanzaï, qu'il jouiffe feulement de fon idée : en un mot, je veux retourner à Chéchian. Je vous plains, mais fi la Fée Barbacela vous aime tant, elle trouvera affez d'autres moyens pour vous rendre votre amant & votre figure. A ces mots, il ordonna, devant Mouftache, fon départ pour le lendemain, & laiffa cette Fée dans une défolation que toute la tendreffe de Néadarné pour elle, ne put calmer.

CHA-

CHAPITRE III.

Malice de Jonquille : Comment Mouſtache la tourne à ſon profit.

MOuſtache réduite au point de voir évanouir ſes dernieres eſperances , & ſentant bien qu'elle ne détermineroit pas Tanzaï au voyage de Néadarné dans l'Iſle Jonquille , réſolut , ſans s'amuſer à des ſupplications inutiles , de ſe ſervir de ce que ſon art pourroit trouver de plus puiſſant pour délivrer ſon Prince. Il lui importoit peu que Tanzaï y perdît ; le peu de cas qu'il faiſoit d'elle , les con-

C 3   tra-

traditions qu'elle en avoit ef-
fuyées, le befoin qu'elle avoit
que Néadarné tombât entre les
mains du Génie, prévaloient fur
toute autre confideration, &
fans rien témoigner de fon def-
fein, elle chercha dans fa tête,
quelque expedient qui pût la tirer d'inquiétude. La nuit arriva
qu'elle y rêvoit encore. Auffi-tôt
après le repas, les deux époux
s'étoient couchés, & Tanzaï
toujours réfolu de partir le lendemain, avoit réitéré fes intentions. La Fée les laiffoit dormir,
& cherchoit en vain un ftratagême qui lui fût propice, lorfqu'un
bruit affreux s'éleva fubitement
dans la Ville. Bon Singe ! qu'en-
tends-je là ? S'écria le Prince,
réveillé en furfaut. Ah ! dit Mouftache, que fon art mit d'abord
au fait, ce Jonquille eft bien terrible !

rible ! Qu'a-t'il donc fait ? Demanda Tanzaï. Vous fçaurez ,
reprit Mouſtache , qu'il étoit
amoureux d'une des plus belles
femmes de cette Ville ; outré de
la réſiſtance qu'elle apportoit à
ſes deſirs , il l'a changée en monſtre , & non content de cette punition , il a étendu ſa vengeance
ſur toutes les jolies femmes d'ici,
& veut qu'elles reſtent laides juſ-
ques à ce qu'elles faſſent un
voyage dans ſon Iſle. Voilà ce
qui cauſe le bruit qui frappe vos
oreilles ; les Bluets voudroient
bien ne pas voir toujours leurs
femmes comme elles ſont , mais
la condition à laquelle le Génie
a attaché le retour de leur Beauté , leur paroît plus cruelle encore à ſupporter que leur figure.
Cette Ville me paroît peuplée ,
dit le Prince , & le Génie n'aura

pas

pas peu d'affaires à raccommo-
der ce qu'il a gâté. Quoi ! Volupté de mes jours ! dit Néadarné, vous croyez qu'il y aura des
femmes qui préféreront la perte
de leur vertu à celle de leur
beauté ? Aux Dieux ne plaife !
que je penfe mal, reprit Tanzaï,
mais je ne voudrois pas, fi j'é-
tois femme, qu'on me mît à
cette épreuve. Quoi qu'il en foit,
je répondrois bien qu'avant deux
jours il ne reftera aucune trace
de la vengeance de Jonquille.
Un cri affreux que pouffa Néadarné en cet endroit, interrompit la converfation. Eh ! qu'a-
vez-vous pour crier de la forte ?
dit Mouftache. Hélas ! répondit
la Princeffe, je fuis bien trompée, fi je n'ai pas le nez d'un
pied au moins plus long qu'à
l'ordinaire. Le Prince en fe defef-
pérant,

pérant, alla chercher une des bou-
gies qui brûloient dans la Chambre, mais en voyant le visage
horrible de Néadarné, il la laissa
tomber de frayeur. Il ne me
manquoit plus que cela, dit-il.
Donnez-lui le miroir, disoit
Moustache ; prenez une autre
bougie. Le Prince en tremblant
apporta l'un & l'autre, & Néadarné se trouva si laide, si vieil-
le, si bossuë, qu'elle ne pût retenir ses larmes. La Fée Concombre auroit pû alors disputer d'a-
grémens avec elle. Ne vous af-
fligez pas, disoit la maligne Taupe, qu'importe un mal quand
on lui connoît un remede certain ? Eh ! ce qui me desespere,
répondit le Prince, c'est le remede, & quand même il ne
m'affligeroit pas, croyez-vous
que la vertu de Néadarné lui en
permît

permît l'ufage ? Hélas ! Prince,
dit Néadarné terraffée par tant
de malheurs, je ne veux rien
faire que vous n'y confentiez.
Et vous, ajouta-t'elle en s'adreffant à Mouftache, vous, qui
m'aviez promis votre protection,
quand dois-je l'éprouver, fi ce
n'eft dans la fituation où je me
trouve ? Ce qui me furprend,
reprit le Prince, c'eft que Néadarné fe trouve enveloppée dans
la fureur du Génie, elle ne de-
vroit naturellement tomber que
fur les femmes de cette Ville.
Qu'ont affaire les Étrangeres à
tout ceci ? Mouftache, fi elle l'eut
voulu, auroit pû mieux que perfonne inftruire Tanzaï de la vérité de cette avanture, puifqu'elle feule avoit caufé la métamorphofe de Néadarné. Defefperée
de l'obftination du Prince à ne
point

point envoyer Néadarné à Jonquille , & ne pouvant délivrer
Cormoran que par cette voye ,
elle avoit faifi l'inftant de la vengeance du Génie , efperant que
la laideur exceffive de Néadarné détermineroit plus aifément
Tanzaï à la laiffer aller dans l'Ifle
Jonquille. Le Prince fe perdoit
cependant en lamentations ; la
Fée pour le raffurer , lui dit, que
le Génie n'avoit affurément pas
raifonné jufte fur fa vengeance.
Que tant de femmes s'y trouvoient enveloppées qu'il feroit
obligé de rendre la beauté à la
plus grande partie d'entre-elles ,
fans en exiger aucune foumif-
fion. Qu'il falloit prendre ce
tems pour lui envoyer la Princeffe , & qu'elle en feroit quitte
à meilleur marché. Eh oui ! dit
Néadarné , j'en reviendrai plus
belle ,

belle , mais qui me rendra ce
que Concombre m'a fait perdre.
Nous n'avons entrepris ce voyage que pour la guérifon d'un feul
mal , j'en ai deux actuellement
prefque auffi fâcheux l'un que
l'autre. Quoique le remede que
l'on m'offre , foit certain pour
tous les deux, je ne dois m'en
fervir , ni pour le premier , ni
pour le fecond. Il vaut mieux ,
à tout prendre , pour mon Prince , que je refte laide. L'effroya-
ble figure que je porte , lui fera
oublier celle que j'avois , il ne
m'aimera plus , mais pour me
rendre digne de fa tendreffe , il
faut que je perde fon eftime. Pi-
toyable Métaphyfique ! répondit Mouftache, qu'eft-ce qui fait
le crime ? C'eft le confentement.
Ce n'eft pas vous qui vous fou-
haitez entre les bras de Jonquille ,

le, donc vous ne pouvez pas être criminelle. Vous ne defirez feulement pas de recouvrer votre premiere forme, ce n'eft que par rapport à votre époux que vous la regrettez, & fi vous vous foumettez à ce qui peut vous la rendre, ce n'eft que pour lui; par conféquent, il ne peut que vous en eftimer davantage de lui avoir facrifié vos répugnances. N'eft-il pas vrai? Dit-elle, à Tanzaï. Je ne fçais pas, répartit-il, fi votre raifonnement eft jufte, mais dans les malheurs qui m'accablent, le parti qui me paroît le meilleur, eft celui qui m'en délivrera plutôt. Quand ils auroient pouffé cette converfation, l'Hiftorien eft trop judicieux pour la donner toute entiere au Lecteur. Le bruit cependant continuoit dans la Ville avec

avec tant de force que le Prince
fut prié par Néadarné & par
Mouftache de s'y promener, &
de leur dire des nouvelles de ce
qui s'y paffoit. Il leur apprit à
fon retour, qu'à peine la vengeance du Génie avoit éclaté,
que toutes les femmes étoient
parties en foule pour l'Ifle Jonquille, fans en excepter la Reine,
qui ne pouvant fupporter d'être
laide un moment, en avoit pris
la premiere la réfolution ; mais
qu'à fon retour, le Roi l'avoit
étranglée de fes propres mains,
& qu'il y avoit peu de maris
dans la Ville qui n'en euffent agi
de même. Cela, ajouta-t'il,
n'empêche pas celles qui font
reftées ici, de vouloir partir, &
je fuis bien fûr qu'avant que le
jour foit écoulé, pas une femme
ici ne portera des marques de la
colere

colere du Génie. Je le fçavois bien, moi, que la vanité d'être belles, l'emportoit toujours chez les femmes fur la fatisfaction d'être vertueufes. C'eft la faute des hommes, reprit Mouftache : qu'ils recherchent la vertu dans une femme comme ils y recherchent la beauté ; que l'une leur foit d'une auffi grande reffource que l'autre, vous nous verrez aimer autant être vertueufes, qu'être belles.

Mais laiffons cela. A quoi vous déterminez-vous enfin ? A laiffer partir Néadarné auffi-tôt que l'aurore aura annoncé le jour ; demain elle verra Jonquille, & demain auffi je mourrai de douleur. C'eft trop affurément d'un des malheurs qu'elle éprouve, & je craindrois enfin qu'on ne me reprochât de ne

l'avoir

l'avoir aimée que pour moi-même.

Il eft peu important de dire
comment le refte de ce jour fe
paffa. Craintes toujours nouvelles de la part du Prince, affurances de fidelité de la part de
Néadarné, promeffes de Mouftache à Tanzaï que Néadarné re-
viendroit de l'Ifle comme elle y
feroit allée, à fa guérifon près,
qui, fe faifant par art de Féerie,
ne couteroit rien à fa vertu. Incredulité toujours ferme de ce-
lui-ci, qui trouvoit, à ce qu'il
fembloit, de la douceur à mettre les chofes au pis, tant qu'enfin la nuit arriva. Tanzaï, qui,
dans la journée, avoit changé
dix fois de réfolution, fe coucha
d'avis de laiffer partir la Princeffe, & Mouftache qui avoit quelque chofe d'intereffant à dire à
Néadarné,

Néadarné, voyant que la douleur ne le conduifoit pas au fommeil, l'y amena par la force de
fes enchantemens, & commença ce qui fuit.

CHAPITRE IV.

Conversation intereſſante de Mouſtache & de la Princeſſe.

VOus voilà bien affligée d'ê-
tre laide, plus triſte encore
de la premiere de vos méſavan-
tures ; vous craignez le Génie,
cependant vous voudriez ne pas
reſter comme vous êtes , cela
fait bien du fracas dans votre tête. Il faut pourtant débrouiller
le tumulte de vos idées ; vous en
tirer , le rendre clair ; vous faire
voir jour dans votre ame , elle
eſt ténébreuſe pour vous ; vous
n'y marchez qu'à tâtons ; vos
idées ſe tournent le dos , ſont de
mau-

mauvaife humeur contre elles-
mêmes, il n'y en a pas une, j'en
fuis fûre, qui ne s'en veuille;
vous fouffrez de leur contradic-
tion, je veux vous raccommo-
der avec vous-même, ma raifon
va s'affeoir, & les juger, écou-
tez-moi. Quand je vous ai promis que je vous fouftrairois aux
tendres emportemens de Jonquille, je vous ai trompée. Aucune force de ce côté ne pourroit agir fur lui. Votre vertu,
toute cérémonieufe qu'elle eft
fur fes bienféances, lâchera prife, le Génie lui mettra indubitablement le pied fur la gorge : en
un mot, vous ne la conduirez
pas à terme, il faut qu'elle choi-
fiffe d'étouffer de plaifir, ou de
mourir violemment ; vous êtes
trop belle pour qu'on lui faffe
quartier, elle ne vous fervira

D 2   même

même qu'à augmenter l'ardeur
de Jonquille. Quand le triomphe
ne coûte rien, que la vanité d'un
homme n'en fçauroit tirer parti,
il le néglige. Paffons à un autre
point. Quant à votre laideur,
n'en foyez pas inquiete, elle eft
mon ouvrage, & je vous en défe-
rai fans que le Génie s'en mêle. A
peine aurez-vous quitté le Prince, que vous vous verrez plus
belle que vous n'avez jamais été.
Ce n'eft pas tout, il s'agit à préfent de l'effentiel. Le Prince eft
jaloux, & quand vous lui diriez
que vous vous êtes préfentée
fans rifque au Génie, des marques, qui ne font point équivo-
ques, pourroient aifément vous
démentir. J'ai un remede excel-
lent pour réparer les outrages
que nous font les emportemens
des hommes. Que veut dire ceci,

ci, interrompit Néadarné? Quoi!
reprit Mouſtache, vous ne m'en-
tendez pas ? Avant que vous
connuſſiez le Prince.... mais, il
n'eſt pas poſſible que vous ne
ſçachiez point ce que je veux
vous dire : vous conviendrez que
dans ces deux nuits fatales, où
ſucceſſivement vous éprouvâtes
tous deux la colere de Concombre, ſi aucun malheur ne vous
étoit ſurvenu, que vous ne pou-
viez accorder à Tanzaï, ce que
ſa tendreſſe exigeoit de la vôtre,
ſans qu'il ne vous arrivât quelque choſe de ſingulier.... je
commence à vous entendre, reprit Néadarné. Vous ſentez bien,
continua la Fée, que cela ne ſe
ſeroit pû faire, que quelque changement ne ſe fît en vous. Jonquille, pour vous guérir, exige-
ra de vous ce dont le Prince a été
privé.

privé. Ce qui feroit arrivé par
le Prince , arrivera par Jonquille. En fuivant la coutume naturelle , il ne fe pourroit pas que
votre époux ne s'apperçût point
de ce que le Génie auroit fait.

Eh ! qu'importe ? demanda
Néadarné. Pour le fonds , cela
importe peu , répondit Mouftache ; mais , pour la forme , cela
fait une différence. En un mot ,
cela bleffe le préjugé , & c'eft ,
chez les hommes , ce qu'il faut
refpecter de plus. Or , il faut que
je vous mette en état de prouver
au Prince , que le Génie vous a
refpectée ; fans cela , vous perdriez fa tendreffe , & quelque
chofe qu'il puifle vous dire , quelque convaincu qu'il foit que vous
ne faites qu'obéir , il auroit l'in-
juftice de vous méprifer , fi vous
ne reveniez pas à lui , telle qu'il
vous

vous imagine. Voilà quel eſt notre malheur ! les hommes, ſans
ceſſe, nous accuſent d'artifice,
&, ſans ceſſe, ils nous mettent
dans le cas d'en avoir beſoin avec
eux. Ils font tous auſſi injuſtés
que Tanzaï, & nous mépriſent
ſouvent pour les choſes qu'eux-
mêmes nous preſſent de faire. Il
y a mille occaſions, où, par rapport à leur ſotte vanité, la ſincé-
rité nous deshonoreroit, & dans
leſquelles, regle générale, le
menſonge nous aſſure leur eſti-
me. Tel eſt, par exemple, le
cas où vous vous trouvez. Quand
même, je ne pourrois pas réparer le tort que vous fera le Génie,
vous devriez toujours ſoutenir à
votre époux, que votre vertu
n'a point périclité, & mettre
tout ſur le compte de la nature
plûtôt que de convenir avec lui,

d'un

d'un malheur qu'il ne vous pardonneroit pas. Enfin, cette idée de préféance les flatte. Afin d'appuyer vos difcours, je vous donnerai un fecret immanquable, *
il confifte en trois paroles que même je vous écrirai, afin que vous ne foyez pas dans le rifque de les oublier. Dans un autre tems, fans toutes ces précautions, vous pourriez le tromper, mais

* Ici Kiloho-ée fe plaint, & le Traducteur après lui, de ce que ce fecret de Mouftache ne fe trouve pas dans ce Livre ; comme le Chinois protefte qu'il auroit voulu le donner à fa Patrie, le Traducteur qui croit qu'il n'auroit pas été moins agréable à la France qu'à la Chine, affûre fes Lecteurs, que c'eft à fon grand regret qu'elle en eft privée ; il les fupplie de ne point imputer la perte de ce fecret à fa négligence, & il croit devoir les affurer, qu'après de longues expériences, il a été obligé de traiter de fabuleux, tout ce qui fe dit fur cet article.

fon

fon amour jaloux le rendra clair-
voyant, & nous avons plus d'un
fens à furprendre. Le fecret lui
ôtera tout fujet de fufpicion ; je
veux même qu'il le ferve plus
qu'il ne feroit néceffaire. Plus il
s'en plaindra, plus il fera content : Au refte, ne rougiffez pas
de vous fervir de cet artifice.
S'il avoit dû porter des marques
de la nuit qu'il paffa avec Concombre, il n'auroit pas fait difficulté de vous tromper. Il en a
été quitte pour vous dire qu'un
fonge l'avoit guéri, & vous pourrez.... Je me fuis toujours bien
doutée, interrompit Néadarné,
que ce fonge n'étoit pas vrai,
mais quand je lui dirois auffi que
c'eft un fonge qui m'a rétablie,
fon avanture lui donneroit moins
de foi pour mes difcours. Oui,
fi votre récit n'étoit point ap-

puyé par le fecret que vous fçavez, répondit Mouftache; mais
le moyen qu'il doute de vous,
quand il fe trouvera dans la même peine au moins, que celle
où aura été le Génie? Mais, demanda Néadarné, fi le fecret alloit manquer? Concombre pourroit bien me jouer encore ce
tour-là, vous voyez qu'il vaudroit bien l'autre. Ne craignez
rien, répondit Mouftache, ce
fecret n'eft pas connu d'elle; fi
le Prince étoit de bonne foi avec
vous, il vous diroit qu'il n'a pas
dû s'appercevoir qu'elle en ait
fait ufage. Autre article:

Vous vous êtes fait une répugnance fur Jonquille, elle tom-
bera à fon afpect, il eft aimable.
Dans le récit que je vous ai fait
de mes avantures, il a paru comme mon perfécuteur, & cette
idée,

idée, sans doute, vous l'a rendu odieux ; mais je vous avertis encore une fois, que c'est un Génie charmant , & qui joint au pouvoir le plus étendu , les qualités les plus rares. Peut - être prendrez-vous une forte passion pour lui. Ne le croyez pas , dit Néadarné, mon cœur est prévenu d'une si forte tendresse pour Tanzaï, que je défierois tous les Génies de la terre de faire impression fur moi. Vous êtes encore dans l'erreur là-dessus , répondit la Fée ; le Génie vous mettra à de fortes épreuves , & Tanzaï qui pourroit soutenir vôtre cœur , sera absent. Ce sera assez pour moi de son idée, reprit Néadarné , & je rougirois trop , si pour ne lui pas être infidelle , j'avois besoin de sa présence.

Avec

Avec tous ces beaux fentimens , reprit Mouftache , les
chofes arriveront comme je vous
le prédis. Je connois un peu la
marche du cœur. Ce qui fait
qu'une femme ne manque pas à
fon amant , c'eft qu'elle ne fe
met point à portée de lui manquer. Dans une occafion fâcheu-
fe , fi elle s'y trouvoit , la nature
fouffleroit fur le fentiment , &
ne manqueroit pas de l'éteindre :
Il eft vrai que quand il fe rallu-
me , on eft bien étonné , mais la
chofe n'en eft pas moins faite.
Cela n'arrivera pas par Jonquille , dit Néadarné , & quand je
ne ferois pas vivement occupée
d'un autre amour , ce ne feroit
pas lui que je choifirois , je fens
que je le hais.

Autre erreur , reprit Mouftache , fouvent les hommes , dont
les

les femmes se sont fait une idée
rebutante , sont ceux qui par-
viennent le plutôt à leur plaire.
Être haï d'abord , est une voye
qui d'ordinaire conduit à être
violemment aimé. Souvent le
caprice agit là-dedans beaucoup
moins que l'amour propre. Un
homme paroît , & semble ne
voir les attraits d'une femme
qu'avec indifférence; nulle louan-
ge n'échappe de sa bouche ; ses
yeux pleins d'une indolence mor-
tifiante , ne disent point à son silence qu'il en a menti : Il la regarde sans mettre de la politesse
pour elle dans sa façon de l'exa-
miner ; il vaudroit autant pour
elle , qu'elle ne fût pas là ; son
ame ne fait pas semblant de l'appercevoir , peut-être même , pa-
roît-elle s'épuiser d'attention
pour une autre femme qui sera

là;

là ; voilà la haine déterminée, & si par hazard, cet homme si inattentif a du mérite, ce n'est qu'à sa perte, il n'en est que plus insoutenable. S'il étoit stupide, s'il portoit de ces cœurs sur lesquels tout glisse, son suffrage ne seroit presque rien, on n'en seroit flattée que parce qu'il faut faire impression sur tout le monde ; mais quelqu'un d'aimable, ne point trouver que vous l'êtes aussi, cela ne se pardonne point. Dans l'instant tout ce qu'il a d'agrémens, est défaut. Parle-t'il bien, il parle mal, attendu que dans ce qu'il dit, ce que vous desirez, ne s'y trouve point. S'il est sérieux, qu'il est morne ! S'il est sensé, qu'il est pesant ? S'il est badin, qu'il plaisante mal ! Voilà votre imagination montée, vous sentez une aversion qui
vous

vous fait mal, tant elle eſt forte. Que cet homme ſi déteſté, ſorte enfin de ſa léthargie, qu'il vous rende des ſoins, je dis ſimple- ment, de ces ſoins d'uſage dans la ſocieté, & qui n'affichent rien, le voilà changé, ce n'eſt plus lui ; votre vanité ſatisfaite, déchire le bandeau qui couvroit vos yeux ; l'attention qu'il a fait à votre mérite, fait, pour ainſi dire éclore le ſien. Que dans cette ſituation, il diſe qu'il ai- me ; à peine a-t'il prononcé ce mot dangereux, qu'un regard lui rend ſa déclaration, & plus tendre encore qu'il ne l'a faite. Le cœur paſſe d'une extrêmité à l'autre, on croyoit n'avoir ja- mais aſſez de haine, on craint de ne ſe trouver jamais aſſez de ten- dreſſe, c'eſt ce qu'on appelle une ſurpriſe de l'amour.

E 4   Jon-

Jonquille eſt avec vous dans le même cas, vous le croyez af-freux, il eſt aimable; il vous rendra des ſoins qui vous décou-vriront d'abord tous ſes agré-mens; la ſurpriſe n'eſt pas loin. Encore un coup, ne le croyez pas, lui dit Néadarné, j'aime le Prince, & je verrai ſûrement Jonquille avec indifférence. Soit, reprit la Fée, je le crois d'autant plus, qu'il ne nous eſt pas néceſ-ſaire, ni à vous, ni à moi, que vous l'aimiez. Il s'agit ſeulement de paſſer une nuit avec lui. Ah! grand Singe! quelle ſera longue, s'écria Néadarné. Jugez-la ſans prévention, répondit la Taupe, vous la trouverez courte. A pré-ſent, ſongeons à cet infortuné Cormoran. Depuis dix ans, l'a-mour & la colere du Génie ont, ſans doute, perdu de leur force.

Je

Je fçais même que quelquefois,
il fait danfer devant lui ce malheureux Prince, & lui comman-
de des chanfons. Jonquille vous
donnera des fêtes, faififfez ce
moment pour lui demander la
liberté de mon amant; n'accordez, s'il fe peut, rien à fon
amour, qu'il ne me rende l'objet du mien. S'il vous le refufe,
prenez cette Pantoufle.

En cet endroit, Mouftache fit
un figne de fa pate, & une Pantoufle & un papier tomberent
en même tems fur le lit. Voilà,
continua-t'elle, le fecret que je
vous ai promis, & qui peut fe
répeter autant qu'on le veut ;
pour cette Pantoufle, prenez-la ;
quand vous verrez le Génie af-
foupi, faites-la lui baifer, elle
redoublera fon fommeil. Quoi !
cette Pantoufle le fera dormir ?
S'écria

S'écria Néadarné : Quel conte !
Ce font chofes qui fautent par-
deffus la conception humaine,
répondit la Fée : Oüi, cette Pantoufle le fera dormir. Quand
vous le verrez dans cet état, allez dans les jardins chercher Cormoran ; montrez-la lui, c'eft
une de celles que je portois le
jour que nous fûmes féparés ; il
a la pareille dans fa poche, il me
l'avoit prife en badinant le jour
que nous fûmes fi défagréable-
ment furpris par le Génie ; or-
donnez-lui de les mettre, elles
le rendront invifible. Sans cette
précaution, il ne pourroit pas
fortir de l'Ifle. Mais, interrompit Néadarné, fi le Génie s'ap-
perçoit à tems de notre fuite ?
Ne craignez rien, dit Mouftache, fon couroux ne feroit à re-
douter que pour Cormoran. D'a-
bord

bord que la nuit fera place au jour, il ne pourra plus rien fur vous, que vous ne le vouliez ; mais ferrez foigneufement la Pantoufle & le papier, je n'ai plus rien à vous dire, l'aurore fe montre.

Alors, elle éveilla Tanzaï. Ah ! jour funefte, s'écria-t'il, que tu t'es preffé de me luire ! Eh bien, partie de mon ame, dit-il à Néadarné, êtes-vous toujours bien laide ? C'eft, je crois, pis qu'hier, dit la Prin- ceffe. L'exécrable métamorpho- fe ! s'écria-t'il ; encore, fi l'une avoit détruit l'autre, j'aurois à m'en confoler, j'aurois du moins précedé le Génie. Tréve de la- mentations, reprit Mouftache, les équipages font prêts, il faut qu'elle parte. Tâchez, dit le Prince à Néadarné, en l'embraf- fant ,

fant, d'éviter les careſſes du Génie, ou du moins que ce ſoit ſi
peu que rien s'il vous touche.
Vous n'y penſez pas, dit Mouſtache, cela revient au même.
Oüi dans le fond, diſoit le Prince, une eſt autant que dix, cependant dix me chagrineroient
plus qu'une. Vous avez de bi-
zarres délicateſſes, repliqua-t'elle, mais ne penſez pas à tout cela, & recouchez-vous; vous me
ferez quelque conte, vous avez
l'eſprit orné. Oh ! pour de l'eſprit, répondit-il, je n'en aurai
d'aujourd'hui; vous êtes contente vous, vous allez revoir votre
Cormoran ; graces à la Taupi-
niere où vous avez vécu, il vous
retrouvera comme il vous a laiſ-
ſée ; mais Néadarné… laiſſons
cette idée, elle me tuë. Pendant
ces diſcours, Néadarné ne par-
toit

toit point, & Mouſtache crai-
gnant que Tanzaï ne la retînt,
après avoir aſſuré de nouveau le
Prince que Néadarné ne couroit
aucun riſque, les obligea tous
deux de ſe ſéparer, & vit enfin
partir la Princeſſe pour l'Iſle Jonquille avec autant de plaiſir que
Tanzaï en eut de douleur. On
verra dans les Chapitres ſuivans,
s'il avoit tort de s'allarmer.

CHA-

CHAPITRE V.

Intereſſant s'il eſt bien traité.

NÉadarné, ainſi qu'on le peut croire, n'alloit pas ſans inquiétude trouver le Génie. On fait à moins des réfléxions, & ſa ſituation étoit de celles dont toute femme délicate ſera toujours embarraſſée. Sa laideur ne l'inquiétoit pas, mais ce qui devoit ſe paſſer dans cette Iſle, lui donnoit les idées du monde les plus deſagréables ; cependant elle avançoit. Quand elle fut à cent pas du bord, elle fit arrêter ſes équipages avec ordre de l'attendre au même lieu.

A

A peine fut-elle éloignée de
ſes gens, qu'elle prit ſon miroir;
elle y vit avec une ſecrete ſatis-
faction que Mouſtache lui avoit
tenu parole , & que tous ſes
agrémens, non-ſeulement étoient
revenus , mais étoient même au-
gmentés. Quoiqu'elle n'aimât
pas le Génie , qu'elle regardât
même comme un grand mal-
heur de lui paroître belle , elle
auroit pourtant été fâchée de paroître devant lui, dans l'état où
la malice de Mouſtache l'avoit
miſe. Toute femme veut plaire,
même ſans vouloir faire aucun
uſage des deſirs qu'elle fait naître ; quelque paſſion dont elle
ſoit pénétrée, quelque délicate-
ment qu'elle la ſente, elle a toujours ſa vanité à ſatisfaire , &
comme c'eſt le beſoin le plus preſ-
ſé, il faut que l'amour y perde.

Elle

Elle sentoit donc une sorte de plaisir à penser que Jonquille seroit ébloüi de sa beauté, & regardoit comme un grand triomphe pour elle, de voir ce Génie, accoutumé à posseder les femmes les plus parfaites, avouer qu'elle l'emportoit sur toutes. Elle étoit encore occupée de ces idées, lorsqu'elle arriva aux bords du Lac sur lequel l'Isle étoit située.

On ne doit pas oublier de dire qu'elle avoit fait charger trente barques au moins des Taupes qu'elle avoit apportées de Chéchian, bien conservées par la miraculeuse protection de Barbacela. La Barque qui lui étoit réservée étoit la chose du monde la plus agréable à voir ; ses voiles Jonquille & Argent, étoient chargées de devises galantes, les

cordages

cordages étoient de même matiere que les voiles, & un amour qui tenoit le gouvernail, sembloit par son attitude vive & tendre, annoncer aux belles qui passoient dans cette Isle, les plaisirs qui leur étoient réservés. Néadarné monta dans cette Barque, non sans frayeur ; naturellement elle craignoit l'eau, & la figure de cet amour qui paroissoit servir de Pilote, ne la rassuroit pas. Son voyage cependant fut heureux, & la Barque, quoique sans Conducteur, fendant les ondes avec une rapidité excessive, ne s'arrêta que dans un Port superbe bâti vis-à-vis le Palais du Génie. Néadarné, l'émotion dans le cœur, & la rougeur sur le front, descendit à terre ; son embarras redoubla à la vûë de la multitude accouruë de tous les endroits de l'Isle, pour l'admirer. Quoique ce premier effet de sa beauté ne lui déplût pas, l'air ricaneur de ces Insulaires en l'observant, lui fit penser qu'ils ne prenoient pas le change sur ce qu'elle venoit faire auprès du Génie, & sa honte fut sans égale. Elle marchoit toujours, quoiqu'entourée de ces habitans, qui se récrioient sans modération sur le bonheur de leur Souverain, & sur le magnifique présent qu'elle lui apportoit. Néadarné impatientée de leurs éloges, de leurs discours, & de leur jaunisse, arriva enfin à la porte du Palais, bien persuadée que si le Génie étoit aussi jaune que ses Sujets, sa figure n'étoit pas dangereuse. Les Maîtres de cérémonie l'attendoient. Ces gens-là étoient les favoris du Génie, & cette

Charge

Charge avoit auprès de lui plus d'une fonction. Ils dirent à la Princeffe que Jonquille n'auroit pas manqué de venir au-devant d'elle, fi des devoirs importants attachés à fa dignité ne l'avoient pas retenu. En attendant qu'il vînt, on la conduifit dans un appartement fuperbe, où on lui fervit une magnifique collation; elle y étoit encore occupée, lorfqu'une fimphonie charmante annonça ce Jonquille fi redoutable. La Princeffe fentit fon cœur en frémir; l'idée de Tanzaï, celle de ce qu'on alloit exiger d'elle, la troublerent, & lui firent verfer des larmes: elle étoit encore dans ce defordre lorfque Jonquille fe préfenta à fes yeux. Frappé de l'éclat de la beauté de Néadarné, il demeura immobile. Néadarné par politeffe s'étoit

levée ; dans ce premier moment,
tous deux ne se dirent rien, mais
le Génie sortant enfin de son
trouble, pria la Princesse de se
rasseoir, & se mit à ses genoux.
Néadarné n'avoit pas encore osé
le regarder en face, mais forcée
enfin de lever les yeux sur lui,
elle fut extrêmément surprise,
& de la majesté de sa figure, &
de ce qu'elle n'étoit pas jaune;
elle fit tous ses efforts pour qu'il
se relevât, mais il n'en voulut
jamais rien faire, non plus que
de lui rendre une main qu'il lui
avoit saisie, & sur laquelle, pour
ne point perdre de tems, il avoit
déja imprimé plusieurs baisers.
C'étoit agir un peu brusquement,
mais il étoit si accoutumé aux
bonnes fortunes, qu'il commençoit toujours par manquer un
peu de respect. Sa coutume n'é-
toit

toit pas de borner à si peu de
chose, ses premieres entreprises,
& la bouche de Néadarné lui
fournissant un beau prétexte pour
autoriser ses emportemens, il
alloit en approcher la sienne ;
mais Néadarné le repoussant
avec force, c'est vouloir un peu
trop promptement, lui dit-elle,
me faire envisager l'horreur de
ma situation, &..... Je sçais
bien, Madame, interrompit
Jonquille, que je ne devrois pas
m'emparer d'abord de ce qu'on
ne pourroit pas attendre de vous,
même après quinze jours de cons-
tance, mais le destin ne me donne qu'un jour, & c'est, à ce qu'il
me semble, vous prouver assez
mes sentimens, que de ne vouloir pas m'exposer à le perdre.
Quoi ! Seigneur, répondit Néadarné, aurez-vous assez peu de
générosité

générosité pour abuser de l'état
où je suis? Ce n'est pas moi, Madame, répondit le Génie, qui
ai exigé de vous cette démarche;
mon empressement doit vous dire à quel point je souhaite de
vous être utile ; vous avez des
répugnances , & je dois vous
obliger malgré vous. Mais, reprit Néadarné , pourrez-vous
être content , lorsque vous ne
devrez qu'à la contrainte , un
bien que mon cœur vous refusera toujours. Je sçais encore, reprit Jonquille , combien la possession de votre cœur me rendroit
heureux, & je ferois tous les efforts du monde pour me l'acquérir, si je croyois pouvoir en
venir à bout; mais à quoi serviroit de ma part cette délicatesse?
Vous en seriez plus gênée , & je
ne vous en paroîtrois pas plus aimable.

mable. Le deſtin, en m'offrant
les plus doux plaiſirs, me condamne à être privé de ce qui en
fait les plus grands charmes ;
vous vous donnez à moi à regret.
Dans ces inſtants que vous pourriez rendre ſi heureux, vous gé-
mirez, votre ſévere vertu vous
en fera des momens douloureux :
Je pourrois vous donner de meilleurs conſeils, il ne tiendroit
qu'à vous de vous faire un plaiſir de la néceſſité, elle vous feroit moins cruelle, & vous n'en
feriez gueres moins vertueuſe.
Le devoir ne nous eſt pénible,
que parce qu'il n'eſt pas l'ouvrage de notre fantaiſie : l'époux le
plus aimable ne déplaît ſouvent,
que parce qu'il eſt en droit d'exiger ce qu'on lui livreroit avec
tranſport, ſi l'on ne s'en croyoit
pas tributaire. Avec lui, c'eſt
une

une dette qu'on acquitte ; avec l'amant, c'est un préfent qu'on fait. Il eft naturel qu'on ait plus de plaifir à l'un qu'à l'autre. Je fuis avec vous dans le même cas ; vous ne m'avez pas choifi, & ce n'eft que par cette raifon que vous me haïffez ; mais enfin vous êtes obligée d'avoir des complaifances pour moi, & je vous demande, uniquement pour vous-même, de les imaginer moins fâcheufes. Eh ! le puis-je ? S'écria la Princeffe, puis-je ne vous pas détefter ? Mon cœur... Madame, interrompit le Génie, je fuis fâché que vous ne me le puiffiez pas donner, mais à vous parler franchement, le cœur n'eft fouvent qu'une chimere, il n'agit pas toujours autant qu'on le penfe ; je fuis devenu Philofophe là-deffus ; voyons donc de

quoi

quoi il s'agit , quel eſt le ſujet
qui vous amene ici ?

Quoi ! vous l'ignorez ? dit
Néadarné. Je fçais , répondit
Jonquille , à quoi je dois occuper ici votre loiſir , mais ce qui
vous fait recourir à moi , m'eſt
inconnu. Je guéris tant de choſes , que je ne connois pas toutes
mes proprietez. N'avez - vous
auſſi qu'un remede , dit Néadarné ? Non , Madame , reprit le
Génie , & vous êtes la ſeule à
qui j'aye vû ſouhaiter que je puſ-
ſe en employer un autre ; voyons
enfin : Qu'avez-vous ? Une Écumoire.... Comment , interrom-
pit-il , une Écumoire ! ce mal
me paroît curieux. Oh ! reprit
Néadarné , mon avanture eſt la
choſe du monde la plus ſurpre-
nante , mais je ne pourrai jamais
prendre ſur moi de vous en inſ-

Tome II.　　　　G　　　truire.

truire. N'importe, dit le Génie,
je vous guérirai peut-être sans
cela, cependant il seroit mieux
que je sçusse précisément, sur
quoi j'ai à travailler. Vous sçaurez donc, continua la Princesse,
qu'en conséquence de cette Écumoire dont je vous ai parlé, le
Prince mon époux perdit tout,
& qu'il ne lui resta qu'elle. Depuis, ce qui ne paroissoit plus
s'est rétabli, mais à mon tour,
j'ai éprouvé des accidents.....
Vous n'ignorez pas que le ma-
riage exige de certains soins....
Puissé-je, s'écria Jonquille, ne
vous être jamais bon à rien, si
j'entends ce que vous me dites!
Que veut dire une Écumoire,
qui fait perdre ce qu'on avoit,
& qu'a-t'elle de commun avec
les soins que demande le maria-
ge? Parlez-moi plus clairement,
je

je vous en conjure. Néadarné,
enhardie alors par les prieres du
Génie, lui découvrit de point en
point, non fans rougir, ce dont
il étoit queſtion. Votre état eſt
fâcheux, reprit Jonquille en
foûriant, mais il fera aiſé de
vous en tirer; votre maladie eſt
pourtant finguliere, & depuis
que je me connois, il ne m'en
eſt pas tombé une pareille entre
les mains. Je n'en ai pas pour
cela, plus mauvaiſe opinion;
mais, Madame, je crains que
votre indocilité pour le remede ne le rende inutile. Ne
pourriez-vous pas vous en faire
une idée moins affreuſe ? je ne
condamne point vos délicateſſes,
mais auſſi... Eh bien, Seigneur,
s'écria Néadarné, ſi vous ne con-
damnez point mes délicateſſes,
n'exigez donc pas de moi ce qui

G 2   me

me déplaît tant ! Madame, reprit Jonquille, je n'exige rien,
il dépend de vous d'accepter,
ou de refuſer mes ſervices. Dès
ce moment, vous pouvez partir.
Mais, Seigneur, dit Néadarné,
j'aurai entrepris un voyage inutile ? Il ne tient qu'à vous, reprit
Jonquille, qu'il ne le ſoit pas.
Ah cruel ! s'écria-t'elle, le viſa-
ge baigné de pleurs. Eh bien,
divine Princeſſe, dit-il en ſe le-
vant ; n'obtiendrez-vous rien de
vous-même, & ſerai-je toujours
à vous preſſer de travailler à votre bonheur ? Laiſſons cette converſation, dit la Princeſſe, elle
m'embaraſſe. Je vous embaraſſe-
rois bien davantage, reprit Jonquille, ſi je ne vous parlois plus
de rien, mais je connois trop
mes devoirs pour commettre cette impoliteſſe, & je ſçai que je
dois

dois paroître toujours vous arracher ce que, fans doute, votre
clémence me donnera. En attendant, tâchez de ne me point
haïr, & venez embellir par votre préfence les fêtes que je vous
ai préparées. Le Génie alors prit
la main de la Princeffe, non fans
la lui ferrer plus qu'elle n'auroit
voulu, & elle en rougiffant des
libertez qu'il prenoit, fe laiffa
cependant conduire en efperant
qu'il en refteroit-là.

G 3　CHA-

CHAPITRE VI.

Qui ne sert qu'à allonger l'ouvrage.

ON estime autant dans une Histoire, des Réfléxions judicieuses, que des faits élegamment décrits. On a raison; si elles allongent le narré, elles prouvent la sagacité de l'Auteur. En suivant ce principe, on peut se croire permis de réfléchir ici sur la situation de Néadarné. Toute femme qui dira qu'à sa place, elle n'auroit point eu d'inquiétude, ou sera une hypocrite, ou une de ces personnes à qui il n'appartient pas de connoître les

risques

rifques de l'occafion, & qui s'y
font toujours abandonnées fans
réfléxion. (Cette idée peut n'ê-
tre pas claire, mais tant mieux
pour le Lecteur; il aura le plaifir
de l'interprêter à fa fantaifie.)
Il eft rare qu'une femme du
monde fe trouve dans un cas
dangereux pour elle, fans qu'elle
le veuille; fa vertu n'eft jamais
violentée par les circonftances,
& quoique l'on ait entendu dire
à plus d'une, qu'en donnant à
fon amant, tel rendez-vous où
elle fuccomba, elle ne l'auroit
pas fait, fi elle n'avoit pas cru
s'en tirer à fon honneur; on de-
vra toujours croire qu'elle ne
doutoit pas de ce qui arriveroit;
& la preuve de cela, c'eft qu'un
homme à qui l'on aura donné un
de ces innocens rendez-vous, n'a
qu'à n'en point faire ufage pour
G 4   être

être brouillé prefque fans reffource, avec la vertueufe beauté
qui fe fera renfermée avec lui.
Les femmes ont pour fauver leur
vertu, bien des reffources; l'habitude où elles font de voiler
leurs mouvemens, & ce principe de bienféance & d'orgueil
qui les étouffe; notre timidité,
notre refpect pour elles, & prefque toujours l'ignorance où nous
fommes des idées qu'elles ont
avec nous, & la crainte de leur
déplaire, voilà ce qui fait ordinairement les forces de cette for-
midable vertu qui nous en im-
pofe. L'idée du plaifir un peu
réfléchie, furmonte infaillible-
ment dans le cœur toutes les idées
de préjugé. D'elle-même une
femme peut ne fe pas arrêter aux
images qui pourroient bleffer fa
pudeur, mais qu'un amant fe
préfente,

préfente, qu'il plaife, qu'eft-ce
alors pour elle que la vertu ? Si
elle combat encore, ce n'eft plus
pour la fauver, elle y perdroit
trop. Mais il faut céder avec
honneur, & mettre du grand
dans fa foibleffe : en un mot,
tomber décemment, & pouvoir
s'excufer foi-même quand on ré-
fléchit à fon defordre. Peu de
femmes tombent d'accord de
cette vérité ; mais cela n'empêche pas qu'elle ne foit conftante.

Néadarné n'avoit pas pour
faire briller fa vertu, le tems
que l'on prend d'ordinaire, plus
ou moins, felon la pruderie, la
majefté & la diffimulation de la
perfonne attaquée. On ne lui
donnoit qu'un jour, encore n'é-
toit-elle pas fûre que fa réfiftance allât jufques au bout. Le Génie étoit aimable, impatient &
dans

dans l'habitude de vaincre : Il connoissoit le cœur, faisoit profit de tout, & ces sortes de gens sont extrêmement dangereux. Ils amenent le moment, & ne s'y trompent pas. Elle étoit défenduë, à la vérité, par la passion qu'elle ressentoit pour Tanzaï, mais pour les interêts de cette même passion, il étoit important qu'elle la blessât, d'autant plus excusable encore, que son époux ne seroit jamais instruit de ce qui se passeroit dans l'Isle. Que de raisons pour succomber ! & il n'y en avoit qu'une, imaginaire encore, qui pût l'en empêcher. Que de personnes qui blâmeront la Princesse, ausquelles il n'en faudroit pas tant ! Suivant ce raisonnement qui pourroit être de moitié plus court, la Princesse n'étoit pas sans émotion

tion pendant que Jonquille la conduifoit.

Il lui fit traverfer des Apparte- mens immenfes, plus ornés en- core par le goût, que par la ma- gnificence, quoiqu'elle y fût ex- ceffive. Du Palais, on entroit dans des jardins charmants ; tout ce que l'art a pû imaginer de plus correct, & de plus brillant, étoit joint dans ces lieux aux beautez les plus fimples de la nature. On voyoit d'un côté des grottes ruf- tiques & des ruiffeaux, dont le murmure tranquille invitoit au plus doux repos, ou aux plus tendres plaifirs. De l'autre, c'é- toient des cafcades à perte de vûë, des cabinets fuperbes, des ftatuës d'un grand prix. Là, on s'égaroit dans les routes tortueu- fes & inégales d'un bois que fon irrégularité ne rendoit que plus agréable.

agréable. Ici des allées d'une
hauteur surprenante , & com-
paffées avec foin , offroient une
promenade plus aifée , mais
moins voluptueufe. Les Parter-
res raviffoient par la varieté &
la beauté des fleurs dont ils é-
toient ornés ; Flore y avoit à jamais fixé fon empire , & Zé-
phire l'y trouvoit fi belle , qu'il
fembloit en l'y careffant fans ceffe , avoir pour toujours renoncé
à fon inconftance. Des oifeaux
de toutes les efpeces habitoient
dans ces jardins ; la Tourterelle
mêloit fes tendres accens aux
chants vifs & légers du Serin, &
du Roffignol. Des Nymphes char-
mantes y formoient des danfes.
Des Bergers plus galants que
ceux des bords du Lignon , chan-
toient fur leur Mufette un amour,
qui quoique toujours heureux ,
n'en

n'en étoit pas moins fidele ; tout
enfin parloit amour dans ces dé-
licieux Boccages , tout l'offroit
aux yeux , tout l'infpiroit au
cœur, il fembloit qu'on le refpi-
rât avec l'air de ce féjour enchanté. La volupté affife au milieu de ce jardin, ordonnoit elle-
même les plaifirs , & répandoit
fur eux ce charme fi flatteur que
fans elle ils n'ont jamais. Les
amours la couronnoient de fleurs,
& formoient autour d'elle les
jeux les plus badins.

Néadarné ne put réfifter à
tant d'objets , malgré elle , fon
cœur s'émut ; elle fe fentit ce
mouvement de tendreffe qui
trouble les fens , & les prépare à
un plus grand defordre. Jonquille qui s'apperçût de ce qui fe
paffoit dans fon ame , la regarda
avec des yeux qui peignoient fi
bien

bien ſes deſirs, que Néadarné ne
pouvant ſupporter leur éclat,
interdite, troublée, ſoupira, &
ſi doucement, que Jonquille
voulut dans l'inſtant même lui
faire voir un boſquet qui ſe trouvoit ſur leur route. Néadarné
diſtraite par la confuſion de ſes
idées, s'y laiſſoit conduire, mais
en approchant de ce boſquet,
elle le trouva ſi ſombre, & jettant les yeux ſur le Génie, le vit
ſi amoureux, que revenuë à elle-
même, elle refuſa ſéchement d'y
entrer. Jonquille, qui ſçavoit
qu'il y a plus d'un moment dans
la journée, voyant celui-là paſſé
pour lui, ne la preſſa pas davantage, & la conduiſit du côté où
les Nymphes & les Bergers formoient les danſes les plus agréables.

Néadarné s'en occupoit, lorſ-
qu'un

qu'un homme parti avec une vî-
tesse extrême d'un des bouts du
jardin, vint, en faisant la rouë
& la culebute, donner au milieu de la danse, & la déranger.

La Princesse, à son emploi, le
reconnut d'abord pour Cormoran, mais voulant cacher au Génie, l'interêt qu'elle y prenoit.
Voilà, lui dit-elle, un homme
qui s'est fait une danse singuliere.
Il ne danse pas ainsi pour son
plaisir, répondit Jonquille : J'ai
peine à croire, reprit Néadarné,
que ce soit pour le vôtre. Vous
ne connoissez pas ce Sauteur, dit
le Génie, c'est l'homme du monde qui a le plus de talents, &
qui seroit en même tems le plus
heureux, s'il n'avoit pas mérité
ma colere en m'enlevant le cœur
d'une Fée que j'adorois. Trop
humain pour ordonner des sup-
plices

plices cruels, je me fuis contenté de le garder toujours dans mes
jardins, occupé à remplir la pénitence que vous lui voyez faire.
Ah Seigneur! s'écria Néadarné,
daignez fufpendre fon fupplice!
Approche malheureux, dit le
Génie à Cormoran, ofe lever les
yeux fur ton maître, va au Palais, & fais tes efforts pour amu-
fer l'objet divin qui veut bien
commander dans ces lieux. Cormoran ne répondit que par une
profonde révérence, & prit le
chemin du Palais, non fans faire
encore quelques culebutes, tant
eft grande la force de l'habitude!
Néadarné, en remerciant le Génie, ne pût s'empêcher de le regarder, & le trouva fi fupérieur
à Cormoran, quoique ce dernier
fût aimable, qu'elle accufa Mouftache de caprice de n'avoir pas
répondu

répondu à la tendreffe de Jonquille. Elle en étoit même déja
au point de le trouver auffi beau
que Tanzaï, fans cependant que
cette comparaifon tirât à confé-
quence pour elle ; elle ne put
même penfer à fon époux qu'en
foupirant, & elle fe confirmoit
plus que jamais dans la réfolution de lui être fidelle, lorfqu'on
vint annoncer qu'on avoit fervi.

Le Lecteur voudra bien (tant
pour fa commodité, que pour
celle de l'Auteur) fauter tout
d'un coup du jardin dans la falle
à manger, d'autant plus qu'il n'y
peut rien perdre.

CHAPITRE VII.

Où l'on verra entre autres cho-
ses combien la Musique
a dégénéré.

CEtte salle à manger étoit,
à ce qu'on assure, extrêmément belle, & le repas étoit digne de ceux pour qui il étoit
préparé. Néadarné étoit placée
vis-à-vis le Génie, cette situation lui déplaisoit ; car enfin on
regarde ordinairement devant
soi ; elle se voyoit condamnée à
ne pas pas lever les yeux, ou à
regarder Jonquille, qui, de son
côté, commençant à devenir
fort amoureux, lorgnoit de la
façon

façon du monde la plus incom-
mode. Néadarné , entre autres
choses , fut surprise de ne pas
voir paroître de Taupes sur table. Seigneur , dit-elle au Génie,
vous contraindriez - vous pour
moi , que je ne vois point ici
votre mets favori ? J'ai pourtant
apporté un assez grande quantité
de Taupes pour que l'on pût
vous en servir. Moi ! Madame ,
dit Jonquille , je ne mange point
de Taupes , c'est le Gibier du
monde dont je fais le moins de
cas. Qui vous a donc fait ce
conte-là ? On m'avoit assuré , reprit elle, que c'étoit ce que vous
aimiez le mieux ; si cela n'est
pas , à quoi vous sert-il d'en dé-
peupler la terre ? J'ai eu des raisons essentielles pour le vouloir
ainsi , Madame , reprit le Génie,
mais elles ont cessé , je ne pour-

suis

suis plus l'ingrate qui m'avoit
outragé. Le supplice de son
amant, & l'état où elle est contrainte de vivre, me vangent
assez d'elle, & ma colere s'est
éteinte lorsque mon amour s'est
dissipé. Ceci est pour moi une
énigme, reprit Néadarné. Il sera
aisé de vous l'expliquer, reprit
Jonquille : Ce malheureux que
vous voyez là-bas avec ce tympanon, celui qui vous doit le
jour heureux dont il jouit, est
l'indigne objet que l'on m'a pré-
feré. Mais Seigneur, dit Néadarné, puisque vous n'avez plus
d'amour, pourquoi perpetuez-
vous votre vengeance ? Pour me
pardonner d'être cruel de sang
froid, reprit-il, il faudroit que
vous sçussiez avec quelle indi-
gnité j'ai été joué, & les tourmens affreux dont mon cœur
s'est

s'est vû la proye. Terminons de
grace cette converfation , &
n'empoifonnez pas , en me rappellant un fouvenir fi fâcheux ,
le plaifir dont votre vûë me pé-
nétre.

Si ce plaifir étoit auffi vif que
vous voulez que je le croye , répondit la Princeffe , vous n'en-
tendriez parler de votre ancien
amour que comme d'un fonge
dont vous pourriez à peine vous
rappeller l'idée ; votre rival ne
feroit plus un ennemi pour vous,
& vous oublieriez, en me regar-
dant, que quelqu'autre a pû vous
infpirer de la tendreffe.

Quelqu'un croira, fans doute,
à ce difcours , que Néadarné ne
faifoit pas ce reproche au Génie
fans qu'un peu de paffion ne s'en
mêlât. Kiloho-ée a été prêt de
le croire auffi ; cependant comme

me il faut se garder d'interprêter
trop promptement en mal des
actions qui peuvent être inno-
centes, & que d'ailleurs on doit
avant que de prononcer sur une
matiere délicate, en envisager
toutes les faces, il a cru, après
une profonde réfléxion, que
Néadarné n'avoit paru un peu
jalouse, que pour obtenir plus
facilement Cormoran de Jonquille. Cette interprêtation est
vraisemblable, & le bonheur de
trouver des conjectures aussi sen-
sées, n'arrive pas à tous les Com-
mentateurs. Néadarné n'aimoit
pas assez Jonquille pour être jalouse d'un amour passé, & la
tendresse qu'elle conservoit pour
Tanzaï, devoit la laisser là-dessus dans la froideur que l'on a
pour les choses indifférentes.

Jonquille, qui étoit aussi vain
qu'un

qu'un autre , ne se fit pas toutes
ces idées , & remercia la Princesse , autant que par la bonne
opinion qu'il avoit de lui-même,
il s'y crût obligé. Ah belle Princesse ! lui dit-il avec transport ,
si j'ai paru ne pas oublier absolu-
ment auprès de vous , la tendresse que j'ai euë pour un autre,
personne du moins n'alterera jamais celle que je me sens pour
vous. Il lui tint encore beaucoup
d'autres discours , tous fort passionnés , & que pourtant l'Auteur ne nous a pas conservés,
soit qu'il les ait trouvés trop dif-
ficiles à rendre , soit qu'il n'en
ait point fait de cas , c'est ce
qu'on ne sçait pas positivement.

Jonquille alloit , sans doute ,
continuer à ennuyer Néadarné,
lorsque celle-ci pour l'en empêcher , lui témoigna l'envie qu'elle

le avoit d'entendre chanter Cormoran. Ce malheureux Prince
s'avança, & s'accompagnant de
son tympaïon avec une délicateſſe infinie, il chanta de la voix
du monde la plus touchante,
n'importe ſur quel mode, l'excès
de ſon amour & de ſes tourmens.
Tous ceux qui étoient dans la
ſalle en furent ſi attendris, que
les ſanglots ſe firent entendre
par tout. Néadarné, qui avoit
le cœur fort compatiſſant, fon-
doit en larmes, & pouſſa ſi loin
ſon étouffement, qu'il fallut lui
couper ſon lacet. Jonquille lui-
même en avoit les larmes aux
yeux, & voyant que la douleur
ne diſcontinuoit pas : Traître!
dit-il à Cormoran, t'ai-je ordonné de faire pleurer ma Princeſſe,
& toute mon Iſle ? Finis la déſo-
lation publique ; chante mes
plaiſirs,

plaisirs, ou crain que je ne te donne de nouveaux malheurs à mettre en Musique.

Eh ne le grondez pas ! dit Néadarné, il m'a serré le cœur, je l'avouë, mais j'ai eu à pleurer un plaisir inexprimable. À peine eut-elle cessé de parler, que Cormoran qui craignoit la colere du Génie, chanta un air si guai, & le joua avec tant de vivacité, que l'affliction diminuant d'abord, & l'air que chantoit Cormoran redoublant toujours de gayeté, il fut impossible aux Courtisans du Génie de se contenir, & le respect qu'ils lui devoient, ne put les empêcher de former sur le champ une contredanse. Jonquille auroit bien voulu se fâcher ; mais entraîné par la force de la Musique, il se leva, prêt à se mettre de la partie.

Néa-

Néadarné charmée de le voir si
sensible aux talents de Cormoran, lui parla encore de le remettre en liberté, mais il reçut
si mal cette proposition, & parut s'offenser si fort de ce qu'elle
pensoit à ce Prince, quand elle
auroit dû, à ce qu'il croyoit, ne
penser qu'à lui, qu'elle résolut
de se servir de la Pantoufle, puisqu'on n'en pouvoit rien obtenir.
On leva table, & après le caffé,
Néadarné voulant occuper Jonquille, lui proposa une partie de
Berland à cinq. Soit, dit Jonquille, jouons au Berland en attendant l'Opera. Écoutez, Cormoran, ajouta-t'il, ayez soin de
tout, & songez à sçavoir mieux
votre rôle que vous ne fîtes la
derniere fois. Cormoran partit.
Il est donc bon pour l'Opera ?
demanda Néadarné. Oui, dit le
Génie ;

Génie ; s'il ne chantoit pas faux,
si ses tons n'étoient pas glapis-
sants , s'il paroissoit moins fat
sur le Théâtre , & qu'il y minau-
dât moins , il seroit fort bon Ac-
teur. En achevant ce discours,
on se mit au jeu , & Néadarné
faisant , ou tenant perpetuelle-
ment va tout , ayant sans cesse
Berland favori , ne filant point ,
cavant au plus fort , joua avec
un agrément infini. Pendant le
jeu, Jonquille avoit avancé ses
jambes sous la table , & Néadarné ne sçachant à qui elles
appartenoient , distraite comme
une Princesse , s'en fit un coussin.
Bien des gens ont blâmé cette
facilité de Néadarné , sur-tout
dans les termes où elle en étoit
avec Jonquille. Mais , qui ne
sçait que ce qui tire à conséquence pour les particuliers , n'est

I 2   rien

rien pour les perfonnes d'un rang
élevé ? Une femme de condition ne fait-elle pas fans rifque
toute la journée des chofes qu'u-
ne autre qu'elle, n'oferoit feulement jamais penfer. N'eft-ce
pas même, ce noble mépris des
ufages qui la diftingue plus que
fon rang ? D'ailleurs, une preuve que Néadarné ne s'apperçut
point que ce fût fur les jambes
du Génie qu'étoient pofées les
fiennes, c'eft qu'elle ne l'obligea
pas à les remettre convenable-
ment, & qu'elle n'eut point de
diftractions : Jonquille, à la vérité, en conçut de grandes efpe-
rances, mais qu'importe ? Néadarné pouvoit bien n'en être pas
plus coupable. Que feroit-ce
donc ! fi les femmes étoient
obligées de répondre de tout ce
que la fatuité des hommes leur
fait

fait imaginer fur leur compte ?
Ne tirent-ils point parti , & des
égards innocens qu'on a pour
eux , & même du peu de cas
qu'on fait de leur perfonne ?
Qu'on les regarde , c'eft defir.
Qu'on ne les regarde point, c'eft
diffimulation. Les femmes feroient bien malheureufes , fi elles
penfoient , ou fi elles fentoient
le quart des impertinences que
les hommes leur attribuent. Ordinairement ils ne les croyent ridicules que quand ce font eux
qui le font.

Jonquille , ainfi qu'on l'a déja
dû remarquer , étoit avanta-
geux; plein de confiance , déja
il alloit demander compte à la
Princeffe de la faveur qu'elle venoit de lui faire lorfque le jeu
finit , & qu'on vint dire qu'on
les attendoit pour commencer
l'Ope-

l'Opera. Jonquille y conduifit
la Princeffe toujours lui parlant
de fa flamme, & elle, le laiffant
toujours faire, puifqu'il étoit
écrit par le deftin qu'elle ne devoit, ni ne pouvoit lui impofer
filence.

CHA-

CHAPITRE VIII.

L'Opera.

IL feroit difficile de bien dé-
crire l'Opera de l'Ifle Jonquille. Kiloho-ée en quelques
endroits fe plaint de la féchereffe
de l'Auteur Japonois, qui, à fon
tour, médit du Chéchianien, ce
qui fuppofe que fans parler des
autres Traducteurs, le François
fe plaint de tous les trois, & que
le Public fe plaindra du dernier,
& lui imputera, ou de s'être
trop étendu fur des matieres fté-
riles, ou d'avoir paffé trop légé-
rement fur des objets intereflans.
Mais, à moins de manquer de

fin-

sincerité, le Traducteur peut-il
donner des récits qu'il n'a pas
trouvés , & s'il les imaginoit
dans les circonstances où ils pourroient être nécessaires , ne se sen-
tiroient-ils pas du siécle où il
vit , & pourroit-il , en se transf-
portant même dans des tems aussi
éloignés que sont ceux où ont
vêcu ses héros , rendre parfaitement des usages dont il ne reste
plus aucune connoissance ? N'est-
il pas plus à propos qu'il en prive ses Lecteurs , que de leur dé-
biter des fables dont ils senti-
roient bien-tôt l'absurdité ? Le
devoir d'un Traducteur fidele
n'est autre chose que de suivre
litteralement son Auteur , si ce
n'est que lorsqu'il ne l'entend pas
bien , il peut le périphraser , le
commenter, l'ajuster ; le Traducteur de ce Livre avouë franchement

ment que n'entendant pas parfaitement son Auteur , il lui a
prêté autant de sottises pour le
moins qu'il lui en aura épar-
gnées ; qu'il est devenu long , où
le Chinois étoit court ; précis ,
où il ne l'étoit pas ; obscur , où
il étoit clair ; railleur , où il étoit
moral ; Galant , où il étoit Phi-
losophe , & que de toutes les
fautes qu'il a faites , il n'en fait
excuse , ni n'en demande pardon
au Lecteur de quelque façon que
ce puisse être , puisque le Livre
n'en seroit pas meilleur , & que
cet avilissement ne le rendroit
pas plus estimable.

Toutes ces raisons , bonnes ou
mauvaises , feront qu'on ne sçau-
ra qu'imparfaitement ce que c'é-
toit que l'Opera dont il est ici
question. A qui s'en prendre ? Un
Historien imagine quand il é-
crit ,

crit, que la pofterité fera au fait des ufages qui régnent de fon tems, & c'eft ce qui fait qu'aujourd'hui on ne fçait que par des conjectures, encore très-hazardées, qu'elle étoit la façon de vivre particuliere des Romains, & qu'une chofe de cette importance occupe mille Sçavans, qui y employent, fans fruit, leurs précieufes veilles. Après un exemple tel que celui-là, le Traducteur doit être excufé, & s'il ne l'eft pas, il ne s'en doit plus mettre en peine. S'il avoit à rendre raifon de toutes les impertinences qui font dans ce Livre, il ne finiroit point:

Il eft donc à propos qu'il dife, pour terminer ce long raifonnement, auffi ennuyeux pour lui, que pour les Lecteurs, que dans l'Ifle Jonquille, vulgairement le
Poëme

Poëme d'un Opera étoit ridicule, qu'il confiftoit en de vieilles
Fables doucereufement r'habil-
lées ; qu'effentiellement le ftyle
en étoit fade, & la Poëfie lâche ;
qu'il ne s'y agiffoit, ni de conduite, ni d'interêt, que l'on y
faifoit danfer à tous propos, les
gens du monde qui devoient
danfer le moins, que la perfonne la plus affligée y venoit chanter fes peines, & que plus d'un
héros bleffé à mort venoit fur le
Théâtre faire fon teftament avec
un accompagnement de fluttes :
Qu'il y avoit des entrées de fleu-
ves, & que le Dieu le plus grand,
fouvent defcendoit des Cieux
uniquement pour faire, ou pour
dire une fotife. Au refte, ce fpec-
tacle étoit magnifique & plai-
foit, fur-tout par la décence qui
y régnoit. Toutes les Actrices
étoient

étoient Nymphes , & l'on en
trouvoit , auffi-bien dans les
chœurs, que dans les rôles prin-
cipaux. Inftruites à jouer toutes
fortes de perfonnages , tantôt
Veftales , tantôt Prêtreffes de
Venus , paffant de la garde du
feu facré , aux doux myfteres
d'Amathonte , Suivantes de la
Vertu & de la Volupté , s'ac-
quittant également bien en Public de l'un & de l'autre rôle, ce
n'étoit jamais qu'en particulier,
que l'on fçavoit quel étoit celui
des deux qui leur coûtoit le plus.
Elles ne découvroient pas, à la
vérité , les fecrets de leur art à
tout le monde. L'amant le plus
enflammé & le plus aimable auroit marqué vainement de la curiofité. Le caprice même ne pouvoit rien fur elles, l'ambition ne
les féduifoit pas davantage , & il
falloit

falloit qu'une divinité plus puiſſante que les autres, les déter-
minât à paroître ce qu'elles é-
toient. Ces foibles particularités
que Kiloho-ée nous a conſervées
de ce ſpectacle, ſuffiſent, à ce
qu'on croit, pour en donner une
idée, & pour montrer aux Lecteurs combien ces Actrices é-
toient loin de la ſageſſe & du dé-
ſintereſſement qui font aujour-
d'hui l'unique caractere des nô-
tres, & combien les Poëmes de
cette Iſle & leurs agrémens perdroient auprès de ceux que l'on
admire à préſent. En cas qu'une
ſi longue diſgreſſion fît perdre le
fil de l'Hiſtoire, on rappellera
ici que Néadarné alloit à l'Opera, qu'elle y étoit conduite par
Jonquille, qu'il lui tenoit des
diſcours dont ſa pudeur étoit al-
larmée, & qu'elle les écoutoit
avec

avec patience, autant par politeffe, que par l'impoffibilité de
faire autrement.

Auffi-tôt qu'ils furent arrivez
à l'Opera, on le commença.
Quoique Cormoran y fît des
merveilles, ils n'en furent amu-
fés, ni l'un, ni l'autre. Jonquille
étoit devenu amoureux, & voulant tout devoir aux fentimens
de la Princeffe, fa conquête lui
paroiffoit douteufe.

Néadarné de fon côté, malgré fa paffion pour Tanzaï, &
fa vertu naturelle, commençoit
à s'inquiéter. Devoit-elle refufer, ou non ? Retournera-t'elle
auprès de fon époux comme elle
en eft partie ? Mettra-t'elle en
œuvre le fecret de Mouftache ?
N'eft-il pas pour la rétablir d'autre remede que celui qu'on lui
propofe ? Peut-elle le prendre
fans

fans danger ? Ce Génie eft aimable , & pour comble de malheurs , il témoigne qu'il aime ;
fa tendreffe eft bien plus à craindre que fa puiffance ? Quel crime
pour elle , fi cédant enfin à la néceffité , fon cœur l'approuve , &
s'y conforme ! on eft fi fragile !
elle fe trouve dans une fituation
fi délicate ! ce malheureux Prince , objet de toute fon ardeur,
languit abfent d'elle : Il gémit
de penfer feulement à ce qui lui
doit arriver. Peut-être foupçon-
nera-t'il fon avanture ? Et fi le fecret de Mouftache n'eft pas bon ?
Cependant il doit l'être ; le
moyen ! qu'ayant befoin d'elle,
cette Fée voulût la tromper ?
Qu'il fe trouve bon , en eft-elle
moins coupable ? Mais, ce Prince , fource de toutes fes inquiétudes , ne s'eft-il pas livré aveu-
glément

glément à la Fée Concombre ?
Ne croyoit-il pas d'abord qu'une
Déeffe recherchoit fes empreffemens , & quoiqu'il ait été puni
de fon infidelité , en a-t'elle été
moins commife ? Il l'a à fon retour payée d'un fonge ; n'appar-
tient-il qu'à lui de rêver ? Cependant , fi elle le lui rend , la croi-
ra-t'il ? Qu'importe après tout ,
& de quel droit , coupable comme il l'eft , ofera-t'il lui reprocher une faute involontaire ,
quand la fienne ne l'a pas été ?
Pourquoi a-t'il couché avec Concombre ?

Cette idée fut la derniere de
la Princeffe , & le fouvenir de
fon injure , lui fit prefque voir
la vengeance néceffaire. Tant
il eft dangereux d'avoir tort avec
les femmes ! il eft pourtant
vrai au fonds , que tort , ou
non,

non, cela revient fouvent au même.

Jonquille, comme l'on doit voir, ne perdoit point à ce petit raifonnement que la Princeffe faifoit en elle-même. Il avoit obfervé tous fes mouvemens, & le regard qu'elle lui avoit lancé en finiffant de fe rendre compte, l'avoit inftruit de fes dernieres difpofitions a fon égard. Quoiqu'il eut fait femblant avec la Princeffe d'ignorer la raifon qui la conduifoit chez lui, il en avoit été inftruit à fonds par Concombre, qui en lui faifant valoir la beauté dont elle lui affuroit la poffeffion, ne lui avoit déguifé aucune circonftance de l'avanture. Ce n'avoit été, fans doute, que pour mieux pénétrer les fentimens de Néadarné qu'il l'avoit obligée à raconter elle-même

Tome II.   K   fon

fon Hiftoire; peu accoutumé à
fe prendre de fentiment, il n'a-
voit fongé d'abord qu'à fe rendre heureux, malgré la répugnance de Néadarné; mais depuis, fon extrême beauté, fa
vertu & fa modeftie lui avoient
donné des idées plus délicates.
L'amour qu'elle avoit pour un
autre ne fervoit qu'à donner
plus de vivacité au fien. Il imaginoit un plaifir extrême à chaf-
fer Tanzaï du cœur dont il étoit
maître, & plus la victoire lui
parut difficile, plus il fut flatté
du triomphe. En effet, fe difoit-il, quel plaifir feroit-ce
pour moi que celui de poffeder
une beauté, qui, defefperée
d'être entre mes bras, n'y pouf-
feroit pas un foupir qui ne fût
l'interprête de fa douleur; qui
me reprocheroit mes empreffemens;

mens ; qui toute entiere à un
autre, accablée de la violence
qu'elle fe feroit, ne leveroit
fur moi que des yeux, qui tout
baignés de larmes qu'ils feroient,
m'exprimeroient fon indignation, & l'horreur qu'elle auroit
pour moi. Ah ! quelle différence de devoir à fes foins des momens fi tendres, d'être l'Auteur de fa félicité, de faire celle
d'une beauté chérie, de jouir de
fes tranfports, de fon defordre,
de lui entendre bégayer qu'elle
vous adore, de fe fentir ferrer
avec volupté dans fes bras,
d'égarer fon ame avec la fienne,
de la voir, confonduë dans de
fi doux plaifirs, fe perdre elle-
même, & vous chercher en-
core, & de lire enfin dans fes
yeux troublés, l'excès de fa fenfibilité, & de fon amour ? Ah

K 2   Néa-

Néadarné ! quelle autre que vous, donneroit mieux ces plaifirs ? Quel bonheur de vous infpirer tout l'amour que vous faites naître ! quoi ! je vous verrois entre mes bras, dépouillée de cette vertu févere que vous oppofez encore à ma flamme ; Jonquille ! l'heureux Jonquille ! .... Ah ! il en mourroit de joye. Mais, adorable Princeffe, ne détournez pas ces yeux charmans, laiffez-moi m'ennyvrer de la douceur d'en être regardé, hélas ! j'y lis moins de colere, mais que j'y trouve encore d'indifférence !

Pendant tout ce beau Monologue, Jonquille regardoit la Princeffe, & la Princeffe, en effet, ne fuyoit pas les yeux de Jonquille. On jouoit en cet inftant un morceau de Mufique

fi

ſi tendre , que ſon cœur , déja diſpoſé , ne put y réſiſter. Le Génie lui prit la main , il la baiſa , mais avec une expreſſion ſi vive , que Néadarné touchée de tant d'amour , lui ſerra à moitié la ſienne. Ils étoient tous deux renverſés dans le fonds de la Loge , elle étoit peu éclairée , malheureuſement pour elle, un rideau de Gâze les déroboit aux Spectateurs. Jonquille, hors de lui-même , s'approcha ; le baiſer le plus enflammé , pris par lui ſur la bouche de Néadarné , la retira de ſon trouble pour l'y replonger mieux encore. Tant que ce deſordre dura , Jonquille preſſoit amoureuſement les lévres de la Princeſſe , & devint enfin ſi entreprenant , que Néadarné revenant à elle-même , ſe rejetta ſur le bord de

la

la Loge, & ramena sa vertu de
la plus dangereuse occasion où
elle se fut jamais trouvée. Qui
le croiroit, qu'on courût tant de
risque à l'Opera !

Jonquille, au desespoir d'un
retour si peu attendu, reparut
auprès de la Princesse, & tous
deux si égarés, que sa Cour ne
pût s'empêcher d'en sourire.

Néadarné, qui remarqua ce
mouvement malin, rougit, &
fut déconcertée au point, que
si l'Opera ne fût venu à finir,
elle auroit assurément quitté la
place. Elle étoit si honteuse de
ce qui venoit de se passer, qu'elle ne répondit rien à Jonquille,
ni ne voulut le regarder, même dans les jardins où il la mena, pour lui donner le plaisir
d'un feu d'Artifice superbe qu'il
lui avoit fait préparer. O vertu !
quel

quel eſt donc ton empire ? Si le
plaiſir t'offenſe , ſi toi ſeule dois
remplir une ame , ou chaſſe l'en
tout-à-fait , ou ne donne pas des
remords !

TANZAÏ
ET
NÉADARNÉ.

LIVRE QUATRIE'ME.

CHAPITRE IX.

Combien il est dangereux pour les femmes d'être peureuses.

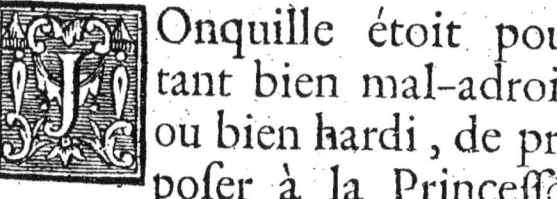 Onquille étoit pourtant bien mal-adroit, ou bien hardi, de proposer à la Princesse, après ce qui venoit d'arriver à l'Ope-

l'Opera , d'entrer dans un Bofquet pour y voir le feu. Pou-
voit-il imaginer qu'elle le voulût bien ? Cependant elle y entra. Elle fut choquée , à la vérité , de trouver ce Bofquet extrêmément fombre , pendant que
le refte des jardins étoit illuminé
de façon qu'à peine l'on pouvoit
croire que le Soleil n'éclairât
plus. A propos de quoi , dit-elle
au Génie , l'endroit où vous me
conduifez , eft-il fi obfcur ? Nous
en verrons le feu avec plus d'a-
vantage , répondit-il ; je n'en
fçais rien , reprit-elle. N'en doutez pas , Princeffe , dit-il , c'eft
une experience de Phyfique. Elle
n'infifta plus , ne fçachant s'il difoit vrai , ou non ; mais elle réfolut de le punir de fa témerité ,
en cas qu'il voulût abufer de
l'obfcurité du lieu où ils fe trouvoient

voient tous deux. Je ferai bien
aife, fe difoit-elle, de lui faire
voir combien il fe trompe, s'il
croit me trouver fenfible. Il verra que tout aimable qu'il eft,
ma vertu vaut bien fes agrémens; elle étoit encore à prendre cette réfolution, lorfque
Jonquille la pria de s'affeoir fur
un lit de Gâzon & de fleurs, qui
étoit la feule commodité que
l'on eut dans ce Bofquet. Néadarné s'y plaça, & le Génie, en
foupirant, fe mit auprès d'elle.
Elle étoit interdite; & Jonquille
dans une émotion qu'il n'avoit
jamais fentie, ne fçut d'abord
que lui dire. L'amour eft violent quand il infpire le refpect,
mais pour les plaifirs d'un amant,
& pour la commodité d'une femme, c'eft l'amour du monde le
moins à defirer. Jamais il ne de-

vint

vine, ni ne faifit l'inftant, toujours tendre & embarraffant, il
fait des proteftations de délicateffe, où peut-être il ne feroit
pas puni pour en manquer. Avec
toute la condefcendance poffible, que peut faire une femme
à qui l'on parle d'une paffion dé-
fitereffée ? Exhortera-t'elle à la
perdre, ou à demander une récompenfe, quand de foi-même
l'on s'en détache ? Jonquille n'i-
gnoroit rien de tout cela, & fi
Néadarné étoit entrée dans le
Bofquet avec l'air qu'il lui avoit
vû à la fin de l'Opera, il n'auroit
pas été fi timide. Mais elle avoit
fait fes réfléxions ; fa phyfiono-
mie étoit redevenu auftere &
impofante, & il craignoit qu'en
voulant la preffer trop, elle ne
s'armât d'une féverité dont elle
auroit d'autant plus de peine à
fe

fe dépouiller, qu'elle auroit plus éclaté. Avec toute fa retenuë, il avoit faifi la main de Néadarné, il foupiroit, & la Princeffe impatientée de fe fentir toujours la main ferrée, prit fon texte làdeffus pour ouvrir la converfation. Seigneur, lui dit-elle, ma main vous embarraffe, & je fuis gênée de vous la voir tenir. Ah Princeffe ! s'écria-t'il, m'enviezvous cette fatisfaction ? Elle n'eft rien pour vous, c'eft tout pour moi : fi vous ne l'accordez pas à mon amour, pouvez-vous la refufer à mon refpect ? Il eft audeffus de toute expreffion. Je ne me reconnois plus, moi, que les plus grandes beautez trouvoient infenfible ! moi qui aurois cru les honorer en daignant les regarder ! foumis auprès de vous, pénétré de l'amour le plus vio-

lent,

lent, je n'ofe pas même efperer la plus légere faveur. Ce n'eft pas encore affez pour vous de m'accabler de votre indifféren- ce , vous me haïffez. Plus je montre d'amour , plus j'excite de colere. Ah ! pourquoi avez- vous cherché le malheureux Jon- quille ? Rien ne troubloit fon re- pos. Pourquoi a-t'il vû vos fu- neftes charmes ? Mais, que dis- je ? Pourquoi me plaindre d'une paffion , qui , toute malheureufe qu'elle eft , fait encore ma féli- cité ? Ah ! par pitié , tournez les yeux vers moi. Ce n'eft point un ennemi qui vous parle , c'eft l'amant le plus tendre & le plus paffionné, qui tout entier à vous, malgré vos mépris, voudroit pou- voir retrancher de fes jours , ceux qu'il a paffés fans vous adorer. Eft-ce moi, cruelle ! que vous de- vriez haïr ?   Ah

Ah je ne vous hais pas ! S'é-
cria Néadarné d'un ton attendri,
mais puis-je vous aimer ? Ce
cœur que vous me demandez,
est-il à moi ? Peut-il oublier celui à qui il s'est donné ? Son image, cette image si charmante !
en peut-elle être effacée ? Si vous
m'aimez autant que vous le dites, faites donc éclater votre
générosité, détruisez un fatal
enchantement, n'en prétendez
point cette odieuse soumission à
laquelle vous voulez que je m'a-
baisse : à ce prix je reconnois que
vous m'aimez. Ce n'est pas, je
le sens bien, un effort ordinaire,
que celui que je vous propose,
mais à qui pour une si belle ac-
tion, puis-je mieux m'adresser
qu'à vous ? Vous détournez vos
yeux, vous soupirez, ah ! mes
prieres ne peuvent rien sur vous.

Oui,

Oui, Princeffe, je foupire, répondit Jonquille, & cela pourroit bien m'être permis, après ce que je viens d'entendre. Ce n'eft cependant pas mon malheur qui m'arrache ces foupirs, c'eft l'impoffibilité où je fuis de faire ce que vous defirez. Mon pouvoir, fans bornes en toute autre occafion, a dans celle-ci des limites qui me defefperent. Ne croyez pas que ce foit mon amour intereffé qui me diête ce refus; je vous jure par vous-même, qui êtes ce que j'ai de plus cher & de plus facré, que s'il dépendoit de moi de vous rendre, fans aucune condition, ce que vous avez perdu, quelque chofe qu'il m'en coûtât, vous feriez fatisfaite. Le Génie prononça ces paroles d'un ton fi pénétré, que Néadarné ne put

douter

douter qu'il ne dît vrai. Pendant
qu'il avoit parlé, il avoit appro-
ché la main de la Princeſſe de ſa
bouche, elle ſe l'étoit ſenti mouil-
ler de larmes, & ces témoigna-
ges de la ſincerité & de l'amour
du Génie l'attendriſſant, elle
ſoupira, & ſes réſolutions s'af-
foiblirent. Ah Jonquille! Jonquille! lui dit-elle, quand même je croirois ce que vous me
dites, quand vos larmes me pa-
roîtroient ſinceres, qu'importe-
roit-il pour tous deux? Pourquoi
vous obſtiner à toucher un cœur
déja prévenu, & au point, que
malgré l'attendriſſement que
vous lui inſpirez, la paſſion dont
il eſt rempli, n'en eſt pas un moment diſtraite? Je crois pourtant pouvoir vous avouer ſans
crime, que ſans cette premiere
flamme, il auroit peut-être été
touché

touché de votre ardeur. Cet
aveu n'en entraînera point d'autre, & dans ce féjour dangereux,
ma vertu n'aura à rougir de rien.
Il y a apparence que Néadarné
en difant ceci, ne fe fouvenoit
point de ce qui s'étoit paffé à
l'Opera, ou qu'elle croyoit que
pourvû qu'on évite la derniere
occafion, ce n'eft rien que tout
le refte.

Eh bien, Madame, reprit le
Génie, n'en parlons plus, quoique mon amour ne doive pas
être récompenfé, je n'en veux
pas moins vous prouver qu'il eft
fincere. Peut-être qu'en ma faveur, le deftin révoquera cet
Arrêt qui vous paroît fi funefte,
je n'ofe m'en flatter. Mais j'y
employerai tous mes foins. Je ne
ferai pas du moins le fujet de vos
pleurs. Un autre Génie que moi,

qui

qui m'égale en puissance, & qui
partage mes fonctions, sera
choisi, sans doute, pour remplir ma place auprès de vous.
Vous vous sentirez peut-être,
moins de répugnance pour lui,
que pour moi. Ah Jonquille !
s'écria la Princesse, qu'avec un
autre que vous, ma guérison seroit impossible !

Quand Jonquille n'auroit été
que poli, auroit-il pû entendre
de si douces paroles sans remer-
cier la personne qui les lui adres-
soit ; aussi Néadarné, qui les lui
avoit dites sans penser que cela
tireroit à conséquence, fut très-
étonnée lorsque Jonquille la
pressant tendrement entre ses
bras, plus vif qu'il n'avoit été
respectueux, voulut se livrer à
toute son ardeur. Cette situation étoit d'autant plus embar-
rassante

raſſante pour la Princeſſe, qu'elle
étoit dans cet inſtant extrêmement touchée, & de la tendreſſe
du Génie, & des ſentimens généreux qu'il lui avoit montrés.
Rien n'eſt ſi dangereux pour les
femmes qui ſont nées avec un
cœur ſenſible, que cet état d'attendriſſement où Néadarné ſe
trouvoit alors. Le malheureux,
qui dans ce moment oſe les preſſer, arrache quelquefois autant
de leur compaſſion, que leur
amant obtient de leur tendreſſe.
Le triomphe n'en eſt pas ſi doux,
mais il s'en faut peu qu'il ne ſoit
le même. Qui ſçait encore, ſi ce
qu'alors elles appellent pitié,
n'eſt point amour ? Dans un état
auſſi violent, peuvent-elles connoître bien la nature du mouvement qui les agite ? Une coquette ne tomberoit pas dans cet in-
conve-

convenient , fon ame n'eſt pas
capable d'une ſi tendre impreſ-
ſion , il n'appartient qu'à une
femme eſtimable d'en être ſuſ-
ceptible. Néadarné , qui étoit
une de ces femmes-là , ne ſçavoit plus que dire à Jonquille ;
l'irréſolution dura quelque tems,
maïs la vertu revint , & le Génie
ſentit par la vive réſiſtance de
Néadarné , qu'en vain il pré-
tendroit ſe la rendre favorable.
Qu'on eſt embarraſſé avec une
femme vertueuſe ! c'eſt bien pis
encore avec celles qui font ſem-
blant de l'être. Jonquille étoit
véritablement dans une ſituation digne de pitié. Néadarné
irritée contre lui , pour lui prouver plus de colere , s'amuſoit des
fuſées qui commençoient à s'é-
lever dans les airs , il n'oſoit plus
s'approcher d'elle ; Concombre
atten-

attentive à tout ce qui se passoit, invisible pour Néadarné, s'approcha du Génie, & après lui avoir reproché son impertinente timidité, profite, lui dit-elle, du secours que je vais te donner. Acheve ma vengeance & tes plaisirs. Prend garde à ce que je vais faire.

Prenant, à ces mots, la figure d'une grosse Araignée, elle se glissa sous la robbe de la Princesse. Néadarné ne la sentit pas plutôt, qu'elle poussa des cris horribles. Ah Seigneur ! dit-elle à Jonquille, je me meurs, une Araignée ! Ah ! secourez-moi, délivrez-m'en, ajouta-t'elle à demi évanouïe. Jonquille qui ne doutoit pas qu'il n'y eût plus de sottise que de sentiment à ne pas profiter de la bonne volonté de Concombre, sçachant le che-
mi

min que l'Araignée avoit pris,
la chercha où elle devoit être.
Cette recherche ne put se faire
sans offrir à ses regards, des beautez plus parfaites encore qu'il
n'avoit pû les imaginer , des
beautez qui perdroient tout à
être décrites , le fussent-elles par
l'amour même ! Le plaisir que
cette vûë lui donnoit , le plongea
dans un égarement dont il auroit
eu tout à craindre , s'il eut été
moins amoureux. Ce léger re-
tardement ne fut pas senti par la
Princesse , qui , encore évanouïe,
lui laissoit tout le tems dont Concombre avoit besoin pour ache-
ver l'infortune de Tanzaï. Déja
l'enchantement de Néadarné é-
toit à demi dissipé , lorsqu'elle
revint à elle. La peur qu'elle
avoit euë de l'Araignée , n'étoit
rien auprès de celle qui la saisit ,
                          lorsqu'elle

lorfqu'elle vit Jonquille entre fes bras ; il ne s'étoit pas préparé à un retour fi prompt, & ce fut fans peine qu'elle fe déroba à fes emportemens. D'autant plus malheureufe en cela, qu'un inf-tant plus tard, elle étoit defen-chantée fans offenfer fa vertu, & qu'elle n'eut pas un affez grand ufage du monde pour faire durer fon évanouiffement autant qu'il auroit été néceffaire.

Ah traître ! dit-elle à Jonquil-le, font-ce-là les effets de cette délicateffe que tu m'avois tant vantée ? La confufion du Génie ne lui laiffa pas la force, ni de demander pardon à Néadarné, ni de la retenir lorfqu'elle voulut fortir du Bofquet. Il ne fut pas plus prompt à réfoudre s'il de-voit lui laiffer le tems de fe cal-mer, ou s'il devoit la rejoindre ;

il

il prit enfin le dernier parti. Le
feu duroit encore, & à la lueur
qu'il répandoit de tous côtés, il
vit Néadarné peu loin du Bofquet, appuyée contre une fta-
tuë, & dans l'attitude de quelqu'un qui rêve triftement. Il fut
plutôt à fes genoux qu'elle ne
l'eût apperçu, & les embraffant
d'une façon, tout à la fois timide & fuppliante ; voici le coupable, dit-il : Divine Princeffe,
votre couroux eft jufte, je mérite toute votre indignation. Ah
laiffez - moi, perfide ! s'écria-
t'elle, laiffez-moi, je ne dois plus,
je ne veux plus, ni vous voir, ni
vous entendre ! Oui, répeta-t'il,
je fuis coupable, je pourrois
vous dire, pour affoiblir mon
crime, qu'à ma place, perfonne
n'auroit pû s'empêcher de l'être,
mais je ne fens que trop que ma

Tome II.   M   juf-

justification seroit inutile, & qu'il
est tems que je vous délivre d'un
objet odieux ; je parts , mais daignez plaindre quelquefois le sort
de l'amant le plus tendre. Il vous
auroit moins offensée , s'il vous
avoit aimée moins vivement. En
achevant ces paroles, Jonquille,
en effet , disparut. Néadarné ,
enflammée de colere , ne voulut
pas le retenir , & resta appuyée
contre la statuë ; elle croyoit que
sa haine ne pouvoit pas finir ;
mais voyant après une demie-
heure que le Génie ne reparois-
soit pas , l'inquiétude commença à l'agiter. Elle songea au but
de son voyage , & en maudis-
fant la nature du remede , elle
n'en reconnut pas moins la né-
cessité. Prince ! s'écria-t'elle ,
cher époux ! objet unique de
toute ma tendresse ! tu me fais
                                    sans

sans doute, à présent l'injustice
de penser, que plongée dans les
plaisirs les plus vifs, infidelle à
ton souvenir & à notre amour,
si dans les bras d'un autre, je me
rappelle ton idée, ce n'est que
pour le faire triompher davantage. Tu formes peut-être le
projet de me haïr toujours, pendant que toi seul me réduis dans
l'état le plus affreux ! ah cher
Prince ! reçois mes soupirs, hélas !
je n'en ai encore poussé que pour
toi. Mais, Jonquille, ajouta-
t'elle par un retour sur elle-même, Jonquille ne paroît pas.
Étrangere en ces lieux, qu'y deviendrai-je ? Il est coupable,
mais l'est-il tant, & dans l'état
où je me suis mise avec lui, pou-
voit-il se contenir ? C'est ma
peur que j'en dois accuser, peur
si vive ! que malgré ce qu'elle

vient de me caufer, la premiere
Araignée m'en feroit peut-être
encore faire autant. Ah Jonquille revenez ! Si vous m'aimiez
encore, ne feroit-ce pas affez
pour vous retrouver que je vous
defiraffe ? Revenez ! je vous pardonne. A des paroles fi preffan-
tes, le Génie reparut. Néadarné, en le revoyant, pouffa un
cri de furprife ; il lui demanda
encore pardon de ce qui s'étoit
paffé ; en perfonne noble, elle
lui accorda fa grace, & ils repri-
rent tous deux le chemin du Palais, fans que Jonquille ofât lever les yeux fur elle, ni qu'elle
daignât non plus le regarder.

Bien des gens dans cette occafion ont donné plus de tort à
Néadarné qu'à Jonquille, ils
trouvoient qu'elle avoit autorifé
l'infolence du Génie, en le mettant

tant à une épreuve à laquelle il n'y a perfonne qui n'eût fuccombé. Cela pourroit cependant demander plus de réfléxion ; & avant de condamner Néadarné fi décifivement, il faudroit faire juger la chofe par une belle qui eût une horreur invincible pour les Araignées, & qu'elle dît de bonne foi, fi, en pareil cas, elle auroit pris l'animal, ou fi ayant fon amant auprès d'elle, au refte amant maltraité, elle lui auroit ordonné de le prendre.

CHA-

CHAPITRE X.

Qui prépare à de grandes choses.

LA modeftie de Néadarné &
la timidité de Jonquille,
leur faifoient jouer un bien pi-
toyable perfonnage, d'autant
plus fot encore, qu'il falloit que
cela finît, & que les façons font
ridicules, où elles ne fervent de
rien. Car, que l'on permette une
réfléxion toute fimple : ou elle
vouloit être defenchantée ; ou
elle ne le vouloit pas ? Si elle
étoit contente de fa fituation,
ou du moins qu'elle la fupportât
patiemment, à propos de quoi
chercher

chercher Jonquille, & puisqu'elle l'avoit cherché, pourquoi ne terminoit-elle pas avec lui ? Mais la délicatesse, dira-t'on, vouloit qu'au moins elle combattît ; & puis, ce Jonquille qu'on lui propose pour une chose de cette nature, est un homme qu'elle n'a jamais vû. Passe encore si c'étoit quelqu'un que l'on connût un peu ; d'ailleurs, il veut du sentiment ; c'est le cœur qu'il attaque, & d'une affaire passagere, il en veut faire une réglée : On ne peut pas s'en sauver à moins, & quand même on voudroit se rendre, doit-on se rendre tout d'un coup ? On peut n'avancer rien de trop, quand on dira que cette derniere idée n'étoit pas celle qui occupoit le moins Néadarné, & cela, par des raisons qu'on trouveroit ici,

n'étoit

n'étoit qu'elles font déja dans un
autre endroit de ce Livre.

Jonquille , qui devinoit , à
peu près les mouvemens qui agi-
toient la Princeffe , ennuyé d'une
fi longue réfiftance , & ne dou-
tant pas , que plus il lui marque-
roit d'empreffement , plus elle
s'armeroit de féverité , réfolut
de lui paroître moins amoureux,
& d'attendre que la néceffité inf-
pirât à Néadarné une réfolution
conforme au bien de fes affaires.
Ce ne fut pas fans peine qu'il ga-
gna fur lui-même de paroître in-
différent. Les nouveaux charmes
qu'il avoit découverts à la Princeffe dans l'avanture du Bofquet,
avoient augmenté fes defirs, mais
plus ils étoient ardents, plus il
crut que pour les fatisfaire , il
devoit les diffimuler. Il connoif-
foit le cœur , & il étoit fûr qu'en
                              bleffant

bleſſant la vanité de Néadarné,
il l'engageroit à aller plus loin
qu'elle ne voudroit. Sur ce principe, en la remenant au Palais,
il affecta de jetter dans ſes excuſes un air de froideur qu'un
amant n'a pas quand il ſe juſti-
fie, & en jurant à Néadarné un
reſpect éternel, il mit dans ſes
proteſtations une ſorte d'ironie
qui lui fit croire que le Génie
avoit apparamment trouvé des
raiſons pour être plus retenu.
Cette réfléxion lui donna de l'ai-
greur, elle répondit au Génie
avec ſéchereſſe, elle redoubla
quand elle vit qu'il ne s'en plai-
gnoit pas; & lui, ſans témoigner qu'il s'en apperçût, la quit-
ta après qu'il l'eut reconduite
dans ſon appartement, & ſortit
d'un air ſi détaché, que pour le
coup, elle s'abandonna à ſon in-

dignation. Toute la Cour de
Jonquille , qui étoit auprès
d'elle , ne put un moment la
diftraire. Quoiqu'elle eut été
outrée contre le Génie , de fon
manque de refpect , elle n'a-
voit pas douté un inftant qu'il
n'en fût devenu plus amoureux ;
elle fe rappelloit fes tranfports
avant l'Araignée , & en les com-
parant à l'infultante froideur
dont après il l'avoit accablée,
les chofes les plus mortifiantes
lui pafferent dans l'efprit, Ciel!
fe difoit-elle , être méprifée à ce
point ! Voir tant de defirs s'éva-
nouïr , après une occafion qui
auroit dû leur donner tant de vivacité ! quelle peut donc être la
caufe d'une indifférence fi fubi-
te ? Tanzaï me louoit tant ! Se-
roit-il poffible qu'il ne s'y connût pas , & n'eft-ce donc uniquement

ment qu'à son amour , que j'ai
dû ses éloges ? Mais que m'importe après tout le dégoût que
j'inspire au Génie ? Ne suis-je pas
trop heureuse de ne lui plaire
plus ? Sans doute , c'est l'unique
moyen de ne point offenser mon
époux. Ah Mouſtache ! Mouſtache ! que vous vous trompiez ,
quand vous croyiez que ce Génie seroit si dangereux pour moi,
& que votre secret me sera ici
de peu d'usage !

Elle rêvoit encore profondément , lorsque Jonquille rentra ;
il avoit fait de son côté des réfléxions nouvelles ; il avoit com-
pris qu'il ne falloit pas humilier
long-tems la Princeſſe , & qu'en
lui laiſſant croire plus long-tems
qu'il étoit refroidi , elle prendroit de l'aversion pour lui. S'il
n'étoit pas sûr d'être aimé , il

étoit

étoit certain du moins de n'être
pas haï. Il falloit cultiver ces
heureufes difpofitions, & il n'é-
toit pas encore affez bien dans le
cœur de Néadarné pour pouvoir
fans rifque pouffer loin ce ma-
nége. Il n'appartient qu'aux a-
mans favorifés d'avoir des façons méprifantes ; & d'ailleurs,
il commençoit à être fûr de fa
conquête : il pouvoit du moins
entreprendre tant qu'il voudroit,
il n'ignoroit pas qu'après ce qui
s'étoit paffé entre eux deux,
Néadarné ne réfifteroit pas tant,
que les libertés qu'il avoit prifes
avec elle, lui ouvriroient le chemin à de plus grandes, & qu'une
femme enfin que l'on a mife une
fois dans une fituation hazardée,
n'eft prefque plus en droit de fe
fâcher qu'on l'y remette. Jonquille aborda donc la Princeffe
avec

avec un air animé ; elle ne s'attendoit pas à lui trouver tant de
paſſion , & malgré la vertu qui
l'obſédoit encore , elle ne fut pas
fâchée de s'être trompée dans ſes
conjectures. Je ne vous fais point
d'excuſes , lui dit-il , de vous
avoir quittée ; vous ne m'en faites point de reproches. J'ai penſé, répondit-elle , que vous aviez
vos raiſons pour le faire. Ah que
vous me juſtifiez aiſément , Madame ! reprit-il. Eh quoi ! dit-
elle , voudriez-vous que je vous
trouvaſſe coupable quand vous
ne l'êtes pas ? Cela ſeroit injuſte.
Oui je le voudrois , reprit-il ;
une injuſtice de cette nature , me
prouveroit de la ſenſibilité , &
plus vous me trouveriez criminel , plus vous me rendriez content. Je ne croyois pas , reprit-
elle , avoir beſoin de vous cher-

cher des crimes, & si pour vous
satisfaire, il ne faut que vous
gronder, je n'ai besoin que de
mémoire pour le faire long-tems.
A propos de cela, répondit Jonquille, je suis bien trompé si je
ne me suis excusé plus que je ne
devois, ce n'est pas que je n'aye
eu tort, mais c'est qu'il étoit impossible de ne pas l'avoir, &
qu'à mon sens, je serois bien
plus coupable envers vous, si je
l'avois moins été. Que j'aurois
perdu, Madame, à être respectueux ! continua-t'il, que de
graces ! que de charmes ! non,
il n'est rien qui vous égale ! Fi-
nissez vos éloges, dit-elle en rou-
gissant, laissez-moi oublier, oubliez vous-même ce que je ne
puis vous pardonner, tant que
nous nous en souviendrons tous
deux. Mais, est-il bien vrai, reprit

prit Jonquille, que votre rigueur
subsiste encore ? Si je ne puis me
flatter d'un sort plus doux, que
vous me rendrez malheureux !
& qu'il vaudroit bien mieux
pour moi, si je dois toujours
être l'objet de votre haine, ignorer tous les attraits dont vous
me défendez de parler ! Jamais,
Madame, je n'en perdrai le souvenir; toujours occupé d'un moment qui auroit été si doux pour
moi, si vous l'aviez voulu, en
me rappellant les plaisirs dont il
me combla, je me plaindrai sans
cesse de ceux que votre cruauté
m'a fait perdre. Eh bien, répondit-elle en soûriant, ne vous exa-
gerez point ce dont vous avez
joui, & ce qui vous a manqué;
vous n'aurez plus rien à desirer.
Je ne m'exagere rien, Princesse,
répondit vivement Jonquille,

&

& mon imagination , fans doute,
eft bien loin encore du bonheur
que vous me pourriez faire ; au
nom des Dieux , confentez-y.
Non affurément , dit-elle. Eh
bien , continua-t'il , permettez-
moi d'agir fans votre confentement. Ce feroit bien pis , reprit-
elle ; fi cela arrivoit , vous ne me
devriez point de reconnoiffance,
& du moins je voudrois.... Mais
de quoi vais-je m'inquiéter ? Il
vaut mieux que vous ne me deviez rien , vous en ferez moins
ingrat. Moi ingrat ! s'écria-t'il,
ah Madame ! fi vous fçaviez
combien vos bontés redouble-
roient mon amour , vous ne ba-
lanceriez pas un moment à m'en
accabler. Je vous ai déja dit que
j'aimois un autre que vous , reprit-elle doucement , que voulez - vous que je vous donne ?
Que

Que tout ce que le deſtin veut
que vous me donniez, reprit-il,
me ſoit donné par vous, & que
je n'aye point la honte de le re-
mercier d'un bonheur dont je
voudrois n'avoir obligation qu'à
vous ſeule. Eh bien.... Nous verrons, repartit-elle, embarraſſée
de cette converſation, mais ne
me parlez plus de rien, je ne
veux, ni ne dois rien prévoir.

Néadarné, en finiſſant ces paroles, alla prendre un Luth qu'elle vit dans le ſallon, & réſolut
de s'en occuper, croyant avoir
beaucoup gagné d'empêcher Jonquille de lui parler davantage.
Jonquille de ſon côté ſe prépara
à l'écouter, content de l'avoir
raſſurée ſur ſes charmes, & ſûr
que ce n'étoit pas peu d'avoir
pû l'entretenir de l'affaire du
Boſquet, ſans qu'elle s'en fût
fâchée.

fâchée. Néadarnée commença
donc à pincer le Luth ; mais si
tendrement, & elle chanta en
même tems avec tant de graces,
que Jonquille, hors de lui-même, eut toutes les peines du
monde à contenir son ardeur,
& que Cormoran enchanté de
la Princesse, fut obligé d'avouer
que sa Vielle & son Tympanon
étoient bien au-dessous du Luth,
quand cet instrument étoit touché avec autant de précision, de
brillant & de délicatesse.

Le souper vint interrompre
ces plaisirs, & en fournir d'une
autre espece. Néadarné, qui
commandoit en Souveraine,
voulut que Cormoran se mît à
table, & le Génie, pour plaire
à sa divinité, le permit. Cormoran qui avoit beaucoup d'esprit, quoiqu'il l'eût singuliére-
ment

ment tourné , fut très-amusant.
Néadarné , qui commençoit à
prendre du goût pour cette espece d'esprit , & qui cherchoit à
s'étourdir sur sa situation pré-
sente , lui répondit très - bien
dans le même genre , & Jonquille prenant le même ton , ils
pousserent si loin le rafinement
des expressions , & la singularité
des idées , qu'à la moitié du repas , aucun d'eux ne s'entendoit
plus. Malgré l'envie que la Princesse avoit de prolonger le souper , il finit ; & après une partie
de Berland que Jonquille lui accorda par grace , il la conduisit
dans son appartement ; & en
l'assurant d'un prompt retour , il
la laissa entre les mains de ses
femmes , à qui il ordonna d'user
de diligence, & de mettre bien-
tôt Néadarné en état de répondre
à sa flamme.   CHA-

CHAPITRE XI.

Distraction de la Princesse.

NEadarné frissonna en entrant dans cette Chambre fatale ; il n'étoit plus question pour elle de s'éloigner le péril, elle le voyoit prochain, le Génie alloit rentrer. Elle sentoit avec douleur qu'elle ne le haïssoit pas, & se craignoit d'autant plus, qu'elle écartoit l'idée de Tanzaï quand elle se présentoit avec trop d'avantage. Quelque amour qu'elle eût pour son époux, elle ne pouvoit se dissimuler les graces de Jonquille, & sa superiorité en tous genres sur le Prince de Chéchian. Quelquefois,

fois, elle penſoit qu'elle devoit
s'abandonner à ſa ſituation, puiſ-
que rien ne pouvoit l'en ſauver,
mais la vertu reprenant le deſ-
ſus, lui faiſoit rejetter cette idée ;
ſouvent auſſi, elle s'y abandon-
noit avec plaiſir.

Quand cela m'arriveroit, ſe
diſoit-elle, qui en inſtruira mon
époux ? Le ſecret de Mouſtache
ne me met-il pas à l'abri de ſes
ſoupçons ? Mais, quand je pourrois lui cacher mon deshonneur,
puis-je me le dérober, & des
remords éternels ne me puni-
ront-ils pas de mon crime ? De
mon crime ! ai-je cherché à le
commettre ? N'eſt-ce pas un oracle qui m'envoye dans ces lieux ?
En proye aux deſirs du Génie,
n'y puis-je pas être livrée ſans
partager ſes tranſports ; & quand
même je les partagerois, ſeroit-

ce

ce ma faute ? Puis-je répondre des mouvemens de la nature, sa sensibilité est-elle mon ouvrage ? Si l'ame devoit être indépendante des sentimens du corps, pourquoi n'a-t'on pas distingué leurs fonctions ? Pourquoi les ressorts de l'un sont-ils les ressorts de l'autre ? Ah sans doute ! Cette bizarrerie n'est pas de la nature, & nous ne devons qu'à des préjugés, ces distinctions frivoles. Si elles étoient véritablement en nous, soumises à nos volontés, dépendantes d'elles, elles ne nous domineroient pas. Pourquoi cette lumiere qui nous fait appercevoir le bien, ou le mal, n'est-elle pas assez puissante pour nous guider ? Quel avantage est-ce pour moi que ce discernement qu'elle me procure, si me laissant toujours en liberté de choisir,

fir, fon impulfion ne me détermine pas ? & fi ce choix eft en ma
puiffance, pourquoi m'oblige-
t'on aux remords ? Non, les
Dieux ne font pas affez injuftes
pour nous punir d'un mal qu'ils
pouvoient nous empêcher de
commettre : Puifqu'ils font les
auteurs de la nature, ils connoif-
fent, fans doute, fon pouvoir ;
c'étoit à eux à mettre en nous ce
rayon divin ; cette force inte-
rieure contre laquelle nos efforts
auroient été vains. Nos devoirs
alors fe feroient confondus avec
nos mouvemens ; cette tyrannie
falutaire nous auroit rendu plus
parfaits, plus dignes d'être leur
ouvrage. Ont-ils craint en nous
éclairant, que nous ne fuffions
trop près d'eux, ou ont-ils voulu fe réferver le plaifir barbare
de nous demander compte des
défauts

défauts dont ils ont accompagné
notre exiſtence ? Mais que dis-
je ? Malheureuſe ! & d'où me
vient donc la répugnance que
j'ai pour Jonquille ? S'ils ne m'a-
voient pas ſoutenuë , auroit-il
encore à deſirer ? L'amour que
je me ſens pour Tanzaï , tout
fort qu'il eſt , ne me jetteroit pas
dans un ſi grand deſordre. Ah !
les Dieux nous éclairent plus que
nous ne croyons ; ſi nous étions
attentifs à cette voix ſecrette
qui nous parle , ſi nous ne la fai-
ſions pas taire , nos mouvemens
ſe décideroient tout d'un coup ;
& nous éprouverions moins de
combats dans notre ame , ſi cette voix étoit moins puiſſante.
Mais , après tout , que m'importe ce Génie ? Quand je céde-
rois à ſes deſirs , ne puis-je pas
toujours, occupée de mon époux,

ne

ne m'entretenir que de sa tendresse ? Eh ! l'ame ne s'égare-
t'elle pas ? Et malgré ma vertu,
n'ai-je pas été, dans ce Bosquet,
près de succomber ? Voyois-je
Jonquille ? Pensois-je à mon
époux ? Ne m'étois-je pas per-
due moi-même ? Qui me répon-
dra que je ne m'égare plus ? Je
me suis arrachée au péril, mais
quels efforts ne m'en a-t'il pas
coûté ? Le trouble de mon cœur,
cette volupté qui s'est emparée
de mes sens , ces mouvemens
confus ne me disent-ils pas tout
ce que j'ai à craindre ? Et qui
combats-je ici ? Le plus aimable
des Génies ! ah ! tâchons d'en
perdre l'idée, fermons les yeux
sur son mérite ; que seroit-ce
pour moi qu'un plaisir qui me
coûteroit tant de larmes , &
qu'est-il auprès de cette satisfac-

Tome II.   O   tion

tion si pure, qui ne nous abandonne jamais quand nous n'a-
vons rien à nous reprocher?

Pendant que Néadarné faifoit
ces réfléxions, ou d'autres fem-
blables, ses femmes l'avoient
deshabillée ; il ne lui reftoit plus
qu'une robe légere qu'on alloit
encore lui ôter pour la mettre
au lit, lorfqu'elle ordonna à fes
femmes de fe retirer. On lui re-
prefenta refpectueufement qu'il
falloit qu'elle fe couchât, elle
répondit, en fe jettant fur un
canapé, qu'elle ne vouloit point
fe coucher, & témoigna tant
d'opiniâtreté fur cet article, qu'à
la fin fes femmes fe retirerent.
Elles étoient à peine forties,
qu'elle courut fermer toutes les
portes de fa chambre. Elle fe
croyoit bien en fûreté contre
Jonquille, & reprenoit le chemin

min de son canapé , lorsqu'elle
apperçut auprès d'elle , celui
contre qui elle prenoit tant de
précautions. Elle en fut d'autant
plus effrayée , qu'elle se voyoit
dans un état où il lui seroit difficile de se défendre contre lui , &
qu'elle se doutoit bien qu'en cas
qu'il employât la violence , personne ne viendroit la secourir.
Eh quoi, Madame , lui dit-il ,
voyant qu'elle s'arrangeoit sur
son canapé , toujours des précautions contre moi ? Et vous , lui
répondit-elle , prétendez-vous
toujours me persécuter ? Vous
donnez, reprit-il, un nom peu
honnête à mes intentions, vous
sçavez que je ne veux que vous
servir , vous reconnoissez mal
mon zéle. Ce zéle , repliqua-
t'elle , m'est suspect , & vous
m'avez montré trop d'amour

pour

pour que je n'en détefte pas la fource. Je n'ai donc plus rien à vous dire, Madame, répondit-il, je pourrois vous répeter que pour vos interêts même, vous devriez me montrer moins de rigueur, mais vous les confultez fi peu, que, fans doute, vous ne m'en croiriez pas. Jouiffez donc du plaifir que vous donne votre féverité, & des charmes de votre état. Que l'heureux Tanzaï, en vous retrouvant fi fidelle, s'applaudiffe de vous revoir, & qu'il imite votre exemple, fi jamais le bonheur de fa deftinée le ramene entre les bras de Concombre. (Ici la Princeffe devint fort attentive, & fronça un peu le fourcil.) Je ne vous parle plus de mon amour, continua Jonquille ; par une bizarrerie que je ne conçois pas, plus je vous en témoigne,

témoigne, plus vous me mon-
trez d'averſion. Auriez - vous
mieux aimé qu'uſant du privile-
ge de mon emploi, je vous euſſe
traitée comme une femme ordinaire ? Mais non , dit plus doucement la Princeſſe. Ce ſont
donc , reprit Jonquille , mes
égards qui me perdent auprès de
vous, & j'aurois ſurmonté cette
fierté ſi farouche ſi je l'avois
moins ménagée ? Je cherche à
vous rendre votre ſituation moins
pénible ; je crois qu'il eſt mieux
pour vous , puiſqu'enfin vous devez céder , que vous m'appor-
tiez moins de répugnance , & ce
procedé , dont toute autre que
vous auroit ſans doute été touchée , vous révolte. Ah Princeſſe ! ajouta-t'il en s'aſſeyant ſur
le canapé , je méritois de vous
moins d'injuſtice , & plus de
com-

complaiſance. (En cet endroit,
Néadarné commença à rêver.)
J'oſe dire , que ſi vous aviez pû
être touchée de quelque choſe ,
vous l'auriez été de mon amour,
& que vous ne lui auriez point
oppoſé une ſi cruelle ingratitude ; ce n'eſt pas , continua-t'il ,
en poſant doucement ſa main
ſur la jambe de la Princeſſe , ce
n'eſt pas que je croye avoir mérité de vous aucune récompenſe,
mais vous vous laſſerez de l'état
auquel Concombre vous a réduite ; il ne me ſera plus permis
de vous revoir , & le Génie dont
je vous parlois tantôt , aura l'a-
vantage de vous rendre ce ſer-
vice que vous aurez refuſé de
moi. (Alors la Princeſſe le regarda aſſez long-tems , rebaiſſa
les yeux , ſoupira aſſez triſte-
ment , & Jonquille s'avança ſur

le

le canapé, & lui prenant la main,
pourfuivit ainfi fon difcours :)
fi vous me haïffiez moins , vous
ne vous verriez pas fans horreur
obligée de recourir aux foins
d'un autre , qui , moins fenfible
que moi , vous fera peut-être re-
gretter d'avoir rejetté les miens.
Je ne me fouhaite pas même cette confolation , je ne pourrois
l'avoir qu'à vos dépens , & j'aime mieux en être privé à jamais.
A ce difcours fi tendre , Néadarné ferra la main de Jonquille ,
qui tenoit la fienne , & le Génie
avançant à diverfes reprifes celle
qu'il avoit d'abord pofée fur la
jambe de la Princeffe , en fit ufage affez indifcretement pour
qu'elle s'en fût offenfée , fi elle
n'avoit été plongée en cet inftant dans la plus profonde rêve-
rie. Ah Princeffe , dit-il d'une
voix

voix entre-coupée, qu'il me feroit doux de vous voir répondre
à ma flamme ! Mes fentimens
font dignes d'une auffi grande félicité ; mais cette bouche fi charmante, ajouta-t'il en la baifant
avec ardeur, & vos yeux, font
également muets. J'aurois tort
de preffer une réponfe, elle ne
me feroit pas auffi favorable que
votre filence.

Il n'a tenu qu'au Lecteur de
remarquer qu'à mefure que Jonquille parloit, il s'avançoit fur
le fiége de Néadarné, fi bien,
& avec fi peu de ménagement,
qu'il en étoit enfin venu au point
de le partager avec elle, & qu'il
avoit profité de fa diftraction
pour prendre les plus grandes libertés. Elle fortit enfin de fon
affoupiffement à la derniere,
mais le Génie avoit fi bien pris
fes

ſes meſures que quelques fuſſent
les efforts de Néadarné, ils ne
lui ſervirent à rien. A peine ſe
fut-elle apperçûë qu'il étoit inutile de combattre, qu'elle pria
Jonquille dans les termes les plus
ſupplians de ne pas pouſſer plus
loin ſes entrepriſes ; mais le Génie, auſſi diſtrait en ce moment
qu'elle l'avoit été elle-même,
ne répondit à ſes prieres que par
de plus grands efforts : Elle re-
commença ſa réſiſtance, mais
elle éprouva pour lors que ſi la
vertu peut toujours combattre,
elle n'eſt pas toujours ſûre de
vaincre. Les obſtacles que le Génie oppoſoit à ſa fuite, & ſes
tranſports, exciterent enfin ſa
fureur. Barbare ! s'écria-t'elle,
ah traî... ! Les cris les plus douloureux l'interrompirent, & par
la peine qu'elle eut à être deſen-

chantée, il ne tint qu'à elle de juger de la force de l'enchantement.

L'affront qu'elle essuyoit, & sa résistance l'avoient accablée de douleur & de fatigue, & la firent tomber dans une espece d'anéantissement qui lui ôtoit la force de faire éprouver au Génie la violence de son couroux, & lui déroba, en même tems, le desagrément d'être témoin de ses transports. Jonquille! le victorieux Jonquille! loin de la secourir, goûtoit à loisir les charmes de son triomphe.

Cette beauté si fiere qu'il adoroit, étoit enfin devenuë la proye de ses desirs, il attachoit sur elle ses regards enflammés, il l'accabloit des plus tendres caresses, & lui demandant pardon dans les termes les plus passionnés,

nés, il alloit fans doute lui faire
de nouvelles infultes, lorfqu'un
profond foupir lui annonça que
Néadarné reprenoit fes fens. Il
crut qu'il feroit plus décent que
la Princeffe en ouvrant les yeux,
le vît à fes genoux ; il s'y jetta
en l'admirant. Le defordre dans
lequel il l'avoit mife, la rendoit
encore plus charmante ; des
pleurs couloient de fes beaux
yeux à demi-fermés, elle les
ouvrit enfin. La fituation où
elle fe retrouva, augmenta fes
larmes, & donna de nouvelles
forces à fon indignation ; elle fe
releva avec fureur, & courant
aux portes pour fortir, fon dé-
fefpoir redoubla quand elle con-
nut qu'il ne dépendoit pas d'elle
de fuir ce Génie qu'elle abhor-
roit. Ah monftre ! s'écria-t'elle,
monftre indigne du jour ! ofe-tu

t'offrir

t'offrir encore à mes regards ?
Ofe-tu me retenir ? .... Pour
bien exprimer la colere de la
Princeffe, & rapporter ici tout
ce qu'elle dit à Jonquille, il faudroit s'être trouvé dans la même
fituation : On laiffe donc aux
Lecteurs femelles cet endroit à
remplir. Néadarné, à force de
quereller le Génie, s'épuifa ; il
l'avoit prévû, & dans une con-
tenance hypocrite, il attendoit
qu'elle finît. Eh bien, Madame,
lui dit-il, quand il vit qu'elle ne
parloit plus, me voudrez-vous
toujours punir de mon zéle, &
vous oppoferez-vous fans ceffe
à fes effets ? Eft-il dit que vous
ne voudrez jamais confentir à ce
defenchantement qui vous eft fi
néceffaire ! Ah traître ! s'écria-
t'elle, plût aux Dieux que je
fuffe encore à le fouhaiter ! Si
vous

vous n'avez que cette raison pour
me haïr, reprit-il, vous pouvez m'honorer d'un sentiment
moins rigoureux : Quelque chose que vous ayez imaginée, que
vous ayez même éprouvée, vous
êtes telle que vous étiez, & sans
un consentement formel de votre part, vous ne pouvez sortir
de votre état. Je ne vous l'ai pas
dit d'abord, parce que je ne voulois devoir qu'à vous seule, le
plaisir de vous voir volontaire-
ment entre mes bras. Peut-être
ne m'en croyez-vous point, &
qu'irritée contre moi, comme
vous l'êtes, vous vous reprochez
même de m'entendre ; mais il
vous est aisé de vous convaincre
par vous-même que ce que j'a-
vance n'est point faux. Je ne
prétends, au reste, vous assujet-
tir à rien ; maîtresse de rester,

ou de partir , fi je vous rends
graces de l'un , vous ne me verrez point me fâcher de l'autre.

Pendant que le Génie parloit,
Néadarné, on ne fçait comment,
reconnut qu'en effet , fon defenchantement n'étoit point réel ;
elle ne pouvoit en accufer le fecret de Mouftache , puifqu'elle
n'avoit pas prononcé les trois
paroles qui le compofoient , &
elle retomba dans une nouvelle
perplexité , quand elle ne put
plus douter de la néceffité de
permettre tout à Jonquille , ou
d'être hors d'état pour toujours
d'accorder quelque chofe au
Prince. Enfin , Madame, reprit
le Génie , la nuit fe paffe , &
vous ne décidez rien. Elle alloit
lui répondre , lorfqu'un Génie
de la Cour de Jonquille parut
dans la Chambre. Seigneur , lui
dit il ,

dit-il, daigne ta clémence me
pardonner, fi je viens troubler
ton repos, mais deux Dames
que la Princeffe feule égale en
beauté, viennent d'arriver en
ces lieux, elles implorent ton
fecours avec tant de vivacité,
& leurs maux exigent des reme-
des fi prompts, que j'ai crû devoir t'avertir des plaifirs qui t'at-
tendent.

C'en eft affez, Topâze, dit le
Génie, fortez; & vous, Princeffe, dit-il à Néadarné, vôle-
rai-je à ces infortunées, ou fixez-
vous mes pas auprès de vous ?
C'eft à vous à vous décider, &
à feconder le penchant qui m'at-
tache à vos charmes. Topâze
va peut-être revenir, dit-elle.
Cette crainte eft-elle, demanda-
t'il, la feule qui vous occupe ?
Elle foûrit. Jonquille, content

de

de cet aveu, l'enleva, la porta
dans ce même lit où elle croyoit
qu'elle n'entreroit jamais, &
dans l'inftant, la vertu & le
fcrupule bannis tous deux d'auprès d'elle, céderent en foupirant leur place aux plaifirs.

CHA-

CHAPITRE XII.

*Qui apprendra aux Prudes,
qu'il est des occasions
dangereuses.*

S'Il est flatteur de triompher
d'une beauté févere, il faut
avouer aussi qu'il en coûte bien
pour en venir-là. Une chose qui
doit surprendre, c'est que depuis
que les femmes sçavent qu'il faut
céder, elles n'ayent point encore jugé à propos de retrancher
les façons. Il y a à la vérité de
certains fats dans le monde qui
foutiennent qu'on ne leur a jamais opposé de résistance, mais
il n'en est pas moins vrai qu'ils
men-

mentent. Souvent ils se vantent d'avoir obtenu des faveurs, où on les a accablé de mépris; heureusement pour les femmes, cela ne tire pas à conséquence, & les honnêtes gens n'en ont pas moins à soupirer : quelque jour peut-être elles penseront mieux, ou plus mal ; je dis plus mal, car Jonquille auroit eu moins de plaisir, si Néadarné avoit été moins farouche.

Il étoit parvenu, ainsi qu'à présent tout le monde le sçait, à la tenir de son aveu. Toute autre que la Princesse n'auroit pas révoqué son consentement, mais elle étoit doüée d'une vertu qui ne finissoit pas sur ses bienséances, & à qui les sottes délicatesses de Jonquille en faisoit sans cesse imaginer de nouvelles. Quoi qu'on en dise, ce Génie étoit

étoit moins adroit qu'on ne nous
l'a peint. Paſſe qu'il demandât
à Néadarné la permiſſion de la
porter dans ſon lit. Une choſe
de cette nature vaut au moins
une politeſſe, encore eſt-il des
occurrences où il eſt plus poli &
plus ſûr de ne rien dire. La vertu n'eſt jamais plus cérémonieu-
ſe que quand on lui laiſſe le tems
de l'être, & il n'eſt pas décent
d'obliger une belle à refuſer ce
qu'elle laiſſeroit prendre, ſi on
s'aviſoit de cette voye. Jonquille, quoique fort amoureux, pria
la Princeſſe de lui permettre d'approcher d'elle, & la Princeſſe
ſur le champ ne manqua pas de
le prier de n'en rien faire ; il ſe
révolta à ce refus injuſte, & s'a-
viſant enfin de ſes bévûës, il approcha malgré elle, & par ce
coup d'autorité, lui en impoſa

ſi

ſi bien , qu'elle n'oſa plus rien
dire. Il ſe hazarda alors à lui
donner de ces noms tendres en
uſage parmi les gens qui ſont
parfaitement bien enſemble. Si
elle ne les lui rendit point , du
moins ne s'offenſa-t'elle pas qu'il
les lui donnât. De-là , en homme qui connoît le prix des gra-
dations , il la prit dans ſes bras,
l'y ſerra voluptueuſement , &
par des careſſes faites à propos,
lui donna inſenſiblement une
idée aſſez vive du plaiſir, pour
qu'elle ne pût plus s'occuper
d'autre choſe. L'amoureux Jonquille, enfin payé de ſa délicateſſe , reçut autant qu'il donnoit,
& vit ſa Princeſſe ennyvrée de
volupté , ſe prêter de bonne grace aux ſoins qu'il prenoit pour
ſon deſenchantement. Il craignoit encore un retour fâcheux,
&

& pour le prévenir, il crut ne devoir pas laiſſer à la Princeſſe le tems de la réfléxion, & s'épargner les intervalles. Cette ruſe fit ſon effet, & une fantaiſie de Néadarné en rendit le ſuccès entier : elle alla s'imaginer que Jonquille reſſembloit à Tanzaï, & en s'étonnant fort en elle-même que cette reſſemblance ne l'eut pas frappée plutôt, elle ſe livra à ſon erreur, & par amour pour le Prince, ne laiſſa rien à deſirer à l'ardeur du Génie. Propos charmans, careſſes tendres, ſoupirs enflammés, tranſports voluptueux, abandon de ſoi-même, rien ne lui manqua. Tout grand Enchanteur qu'il étoit, il fallut, après avoir faſciné les yeux de la Princeſſe, un tems conſiderable, qu'il laiſſât repoſer le charme. Néadarné ſentit

fentit tout ce qu'elle perdoit au
retour de fa raifon, il lui vînt
des idées triftes ; fon defenchantement ne l'occupoit plus, elle
voyoit alors que telle étoit la
volonté des Dieux qu'il fût l'ouvrage de Jonquille, c'étoit une
chofe faite, elle y étoit totale-
ment réfignée. Elle ceffa de fe
faire des reproches fur fon infidelité, & trouva d'auffi bonnes
raifons pour l'autorifer, qu'elle
en avoit euës pour s'en défendre.
Après tout, avoit-elle ceffé d'a-
dorer le Prince, & n'étoit-ce
pas l'ouvrage de la paffion la
plus forte, que de lui avoir fait
reffembler Jonquille ? Ce qui
l'inquiéta le plus, fut l'incerti-
tude où elle étoit fur le fecret de
Mouftache : Pouvoit-elle jamais
avoir une plus belle occafion de
l'éprouver ? déterminée à fçavoir

voir abſolument ce qui en étoit,
elle voulut prononcer les paroles
myſtérieuſes ; elle les avoit ou-
bliées, & Jonquille avoit telle-
ment brouillé ſes idées, qu'elle
crut pendant long-tems qu'elle
ne s'en reſſouviendroit jamais.
Il n'y avoit pas d'apparence d'aller chercher le papier ſur lequel
elles étoient écrites : qu'en auroit penſé Jonquille ? Il n'auroit
pas manqué de voir ce que c'é-
toit, & ſi elle l'avoit perdu tout-
à-fait, le moyen de reparoître
auprès de Tanzaï ? Pendant qu'elle étoit dans cet embarras, Jonquille prêt à recommencer le
charme, vint de nouveau la
preſſer, & l'interdire. Elle ſe ſou-
vint heureuſement qu'on avoit
mis ſes poches ſous le chevet.
En ſe détournant avec adreſſe,
elle prit ſon ſecret, & s'en ſer-
vit

vit fi à propos, que Jonquille crut la Princeffe plus enchantée que jamais, s'en plaignit, & la remercia. Il ne manqua pas d'attribuer à Concombre une chofe fi peu ordinaire, & plus il la foupçonna de vouloir rendre éternel le malheur de la Princeffe, plus il s'empreffa d'y remedier. Néadarné, qui, quoi que le Génie eût dit de fa fenfibilité, n'avoit pas compté fur un fi grand zéle de fa part, ne fçavoit comment y répondre. S'en plaindre, c'étoit témoigner une trop grande ingratitude ; le laiffer éclater davantage, n'étoit-ce pas manquer trop à Tanzaï. Il étoit fingulier qu'elle fît cette derniere réfléxion, mais les femmes font délicates, & Néadarné, qui croyoit avoir fait affez pour le Prince, fe reprochoit ce qu'elle donnoit

donnoit de plus ; elle alloit prier
le Génie de mettre des bornes à
fa générofité , lorfqu'une fecon-
de réfléxion (on ne finit pas d'en
faire quand une fois on a commencé) la détermina autrement.
Elle ne pouvoit plus douter que
le fecret de Mouftache ne fût
bon , mais cette Fée lui avoit dit
qu'il pouvoit fe répeter autant
de fois qu'on le vouloit , & fi
cela n'étoit pas , & qu'elle s'en
fût fervie trop précipitamment ,
quelle ne feroit pas la fureur de
Tanzaï ? Il fallut donc , pour ne
plus douter de la bonne foi de
Mouftache , entendre ce que
Jonquille en diroit. Pour le coup,
elle eut lieu d'être contente. Le
Génie parla fi avantageufement
du nouvel embarras où il étoit ,
que de peur qu'il n'en foupçon-
nât la caufe , elle le félicita de

ce miracle, & le rejetta entiere-
ment fur lui. Quelque flatteur
que fut ce propos, il s'en défen-
dit avec toute la modeftie poffible, & s'obftina à n'en donner
l'honneur qu'à elle feule. Un
combat auffi poli ne pouvoit pas
finir promptement, & quelque
civile que fut la Princeffe, Jonquille s'opiniâtra avec tant de
fureur, qu'elle fut obligée de
prendre tout fur elle. La nuit
cependant s'avançoit, & la Princeffe qui avoit fuffifamment ef-
fayé fon fecret, & qui n'avoit
plus rien à defirer pour elle-même, fe crut obligée de penfer à
Cormoran; elle ne fçavoit comment s'y prendre pour le délivrer. Jonquille ne lui paroiffoit
pas d'humeur à s'affoupir fi-tôt,
& il lui paroiffoit impoffible de
fe fervir de la Pantoufle tant qu'il
feroit éveillé.   Sei-

Seigneur, lui dit-elle, dans quatre heures je pars, je voudrois bien pouvoir donner au fommeil le refte de la nuit, j'ofe attendre de votre complaifance... Plutôt vous partirez, répondit-il, moins vous devez l'attendre de moi cette complaifance que vous me demandez ; je ne mériterois pas le bonheur de vous poffeder, fi je le négligeois à ce point ; je veux vous prouver que j'en fuis digne. Si vous me promettiez pourtant que je pourrai vous revoir.... Moi, interrompit-elle promptement, ah Seigneur ! vous ne l'efperez point ! & je ne conçois pas comment vous ofez me faire une femblable propofition. J'ai cru, répondit-il, que fans manquer au refpect, je pouvois vous la faire, & que nous avions été

affez

affez bien enfemble ici, pour que
vous me regardaffiez au moins
comme connoiffance. Et c'eft
précifément, Seigneur, par cette
raifon même, que, de toutes les
perfonnes de la terre, vous êtes
celle que je dois éviter le plus :
l'amour que je reffens pour Tanzaï, & mon devoir, ne me per-
mettent pas même de penfer à
vous. Jufques ici, je ne fuis
point criminelle ; les Dieux en
m'ordonnant de venir vous chercher, ont pris ma faute fur eux,
mais je mériterois leur colere,
& le mépris de mon époux, fi
je me rappellois jamais votre idée
pour la chérir. Quand je vous ai
demandé cette permiffion, Princeffe, reprit-il, c'eft parce que
jufques au bout, j'ai voulu vous
devoir tous mes plaifirs. Si vous
connoiffiez bien ma puiffance,
vous

vous ne douteriez pas que malgré tous vos refus , je ne puffe
vous voir quand je le voudrois ,
& obtenir même de votre tendreffe , toutes les faveurs que
vous réfervez à Tanzaï. Maître
de prendre fa figure , c'eft fous
fes traits que vous me verrez ,
& vous ne fçaurez jamais fi c'eft
à lui , ou à moi que vous li-
vrerez votre cœur. Ah grands
Dieux ! quel fupplice ! s'écria la
Princeffe.

Elle fe feroit fans doute affligée beaucoup , fi le Génie la
voyant dans de fi triftes difpofitions , ne fe fût crû dans l'obligation de les diffiper. Néadarné
laffée de fes tranfports auroit
bien voulu les éviter , mais comme elle avoit été la victime de
fon amour pour Tanzaï , il fallut encore qu'elle le fût de fes
égards

égards pour Mouftache. Il étoit
néceffaire de provoquer le Génie
au fommeil, & fans cela, elle
ne pouvoit délivrer Cormoran.
Ce fut par la même raifon qu'elle fe fervit encore de fon fecret ;
une victoire aifée auroit moins
coûté à Jonquille, & il falloit
amener la Pantoufle ; le tems
de l'employer arriva enfin. Le
Génie, malgré lui, & en difant
à Néadarné les chofes du monde
les plus tendres, fentit fes yeux
fe fermer ; elle, lui faifant dans
l'inftant fentir la Pantoufle, le
plongea dans le fommeil le plus
profond ; & fortant brufquement du lit, s'habilla avec la
derniere promptitude. Elle y
mettoit tant d'application, qu'elle ne s'apperçût pas d'abord que
les habits dont elle fe couvroit
n'étoient pas ceux qu'elle avoit
apportés

apportés dans l'Ifle. L'amoureux
Génie qui avoit voulu que Néadarné emportât avec elle des
marques de fa magnificence ,
n'avoit rien oublié pour rendre
fuperbes , & dignes de la beauté
qu'il en paroit , ceux dont Néadarné fe couvrit malgré elle. Sa
répugnance à cet égard pouvoit
avoir plus d'une caufe : elle ne
pouvoit plus avec ces habits dire
au Prince qu'elle avoit rêvé , &
n'imaginoit rien pour le tromper
là - deffus. Malgré l'inquiétude
dans laquelle ces nouveaux vê-
temens la plongeoient , elle ne
put refufer à Jonquille , l'eftime
que méritoient fes procedés. Elle
s'approcha du lit où il dormoit fi
profondément. Elle le confidera
long-tems , fa beauté l'émût.
Adieu , lui dit-elle en foupirant,
adieu aimable Génie , puiffent

tes

tes jours éternels couler dans les plaisirs ! puisse-tu perdre à jamais le souvenir de la triste Néadarné ! puisse-t'elle elle-même t'oublier ! elle se seroit cru trop heureuse de pouvoir répondre à ton ardeur , & tu ne l'aurois pas prévenuë, si son cœur & sa main avoient été à elle. Adieu , elle ne peut rien pour ta félicité , daigne ne jamais troubler son repos ! En achevant ces paroles , elle le baisa doucement au front, & s'arracha d'auprès de lui avec une peine dont elle sentit murmurer sa vertu.

CHA-

CHAPITRE XIII.

Où le Lecteur lira des choses qu'il prévoit depuis long-tems.

LA Princesse, armée de la Pantoufle, traversa, sans être vûë, tous les Appartemens du Palais. Le Soleil étoit déja levé ; elle craignit comme elle n'avoit pas pû avertir Cormoran de son dessein, qu'elle ne mît beaucoup de tems à le chercher, & que le Génie en s'éveillant, ne dérangeât toutes ses mesures : Heureusement, elle n'alla pas loin. Cormoran que ses malheurs rendoient inquiet,

de s'abandonner au sommeil, rêvoit triftement fur la terraffe: Elle fe découvrit à lui. Ne perdons point de tems, Seigneur, lui dit-elle, fortez de votre efclavage, & venez dans les bras d'une Fée qui vous adore, vous dédommager de vos peines. Ah Princeffe ! s'écria Cormoran, feroit-il poffible que Mouftache penfât encore à moi ? N'en doutez pas, Prince, répondit-elle : Oui, fon cœur prévenu pour vous de la paffion la plus vive, fouffre autant éloigné de vous, que vous fouffrez abfent d'elle. Eft - elle toujours Taupe ? demanda-t'il : Que j'ai craint que le barbare Jonquille ne l'eut en fa puiffance ! Échappés tous deux à fon courroux, repliqua-t'elle, venèz jouir d'un fort plus heureux, & lui rendre cette figure
char-

charmante qui vous infpiroit tant
d'ardeur. Mais, avez-vous encore la Pantoufle de la Fée ? Oui,
reprit Cormoran, mais il ne m'a
pas été poffible, depuis dix ans
que je la poffede, de la regarder
une feule fois ; occupé fans relâ-
che à faire la culebute, ou à travailler aux plaifirs du Génie, ou
je n'ai pas eu le tems de la baifer, ou je n'ai ofé le faire, de
peur que le Génie, me fçachant
poffeffeur de ce tréfor, ne me le
ravît encore. En connoiffez-vous
la vertu ? Demanda Néadarné.
Non, reprit-il, & quelle eft-
elle ? De vous rendre invifible.
Ah que ne l'ai-je fçú plutôt ! s'é-
cria-t'il, que cette connoiffance
m'auroit épargné de tourmens !
Peut-être auffi, dit-elle, que
plutôt, elle ne vous auroit fervi
à rien. L'intention des Dieux

étoit sans doute que vous fussiez
malheureux dix ans , & avant le
tems marqué par leur clémence,
vous n'auriez fait que de vains
efforts pour votre liberté : Mais,
finissons ces discours , craignez
encore la colere du Génie , vous
êtes perdu s'il s'éveille , prenez
votre Pantoufle , & suivez-moi.
Ce n'est donc pas lui qui finit
mes peines ? Demanda-t'il : Non,
reprit la Princesse , en vain je
l'ai conjuré de m'accorder votre
grace. Du moins, dit-il , êtes-
vous guérie ? Paix , répondit-
elle , que dans l'endroit où je
vais vous conduire , aucune in-
discretion ne vous échappe , &
s'il en est besoin , soutenez que je
n'ai vû le Génie qu'une minute ,
& encore devant vous ; autrement , vous me perdriez ; vous
sçaurez un jour les raisons qui
doivent

doivent vous forcer au silence
sur cet article, ou à appuyer mes
discours. Ne craignez rien, Princesse, dit-il, je vous jure une
fidelité inviolable.

Alors il tira la Pantoufle de
sa poche, & suivant la Princesse,
ils passèrent devant les Gardes
de Jonquille sans qu'aucun d'eux
les apperçût ; ils parvinrent au
Port sans rencontrer plus d'obstacles que dans le Palais, prirent
une des Barques de Jonquille,
& quittèrent l'Isle, non sans que
Néadarné ne regardât souvent,
& avec un peu de tristesse, l'endroit du Palais où elle avoit lais-
sé le Génie. Qu'on ne l'en blâ-
me pas, sa vertu avoit assez éclaté pour qu'elle se permît cette
legere satisfaction, & c'étoit
bien le moins qu'elle pût faire
pour lui, que de le quitter avec

R 3   quel-

que regret. Ce n'étoit pas qu'elle
l'aimât, mais elle n'avoit rien à
lui imputer de ce qui s'étoit paſſé entr'eux, & ne pouvoit rai-
ſonnablement le regarder que
comme ſon liberateur. Toutes
ces idées s'effacerent de ſon eſprit en mettant pied à terre. Elle
retrouva ſes gens à l'endroit où
elle leur avoit ordonné de l'attendre, elle fit monter Cormoran avec elle dans ſon Palanquin,
& reprit le chemin de la Ville
Bleuë, en s'occupant ſeulement
du plaiſir de revoir Tanzaï. Elle
n'étoit plus inquiete ſur le ſecret
de Mouſtache; l'épreuve qu'elle
en avoit faite avec Jonquille, ne
lui laiſſoit pas lieu de douter que
le Prince n'y fût trompé.

Avant même de ſortir du Palais du Génie, elle avoit prononcé trois ou quatre fois les ſe-
cou-

courables paroles ; mais quelque
confiance qu'elle y eût, elle ne
put revoir la Ville Bleuë sans
émotion. La néceffité où elle
étoit de mentir à Tanzaï ; la
crainte que, malgré ses discours,
il ne découvrît la vérité de l'a-
vanture, ou que Jonquille ne
fût indiscret ; la honte dont en
elle-même, elle se fentoit couverte, excitoient dans son cœur
les mouvemens les plus cruels,
& y balançoient le plaifir d'être
réunie à fon époux : Ce n'étoit
pas fans raifon qu'elle craignoit
fa préfence.

Tanzaï, malgré l'efprit de
Mouftache, & les confolations
qu'elle lui avoit apportées, avoit
penfé mourir de chagrin. Quoi !
difoit-il à la Fée, j'ai pû confentir qu'elle allât rrouver Jonquille ; il manquoit à mes maux de

R 4   faire

faire moi-même mon deshonneur, & de ne pouvoir pas l'ignorer. Que me dira cette infidelle
à son retour ? Hélas ! en cet inftant peut-être elle oublie dans
les bras du Génie, mon amour,
& mon desespoir. Pour vous oublier, dit Mouftache, je suis
bien sûre que non, & je répondrois bien que si, par une fa-
talité que je ne conçois pas, elle
a cédé à Jonquille, sa vertu n'en
aura pas été offensée. Oh, sans
doute ! reprenoit-il, on se sou-
vient beaucoup de sa vertu, &
il dépend d'une femme de l'avoir
préfente à son idée dans ce mo-
ment-là ! En ce cas, repar-
toit Mouftache, quels reproches
pourriez-vous donc faire à la
Princeffe : Et si par hazard elle
revient de l'Ifle, telle qu'elle eft
partie, laide & inutile, de quel
œil

œil la reverrez-vous ? Je n'en
fçais rien , dit Tanzaï , vous prenez bien votre tems pour me faire
de ces argumens-là ; vous rai-
fonnez les paffions avec une exac-
titude impatientante , & pourvû que vous faffiez un beau &
long difcours , le refte vous eft
de rien. Je hais auffi de vous
voir injufte , reprit Mouftache ,
& je voudrois que vous fuffiez
moins bizarre. Encore un coup,
comptez un peu plus fur ma puiffance , & que les foins de Barbacela pour vous, vous raffurent.
S'il faut pour me calmer , reprit-
il , compter fur votre protection
ou fur la fienne , je puis garder
mes inquiétudes , & à juger de
fes foins pour moi , par une occafion où je me fuis trouvé , je
ne dois pas efperer qu'elle foit
utile à la Princeffe. Vous-même,

fi

fi votre pouvoir eft fi grand, que n'avez-vous empêché fon départ ? Vous fçavez, dit la Taupe, qu'on ne peut s'oppofer aux ordres fuprêmes du deftin. Fort bien, reprit-il. Et fi les ordres fuprêmes du deftin font que Néadarné ne puiffe me revenir telle que je la fouhaite, que par l'entremife de Jonquille. Puifqu'on ne peut s'y oppofer, de quel biais uferez-vous pour empêcher qu'ils ne s'exécutent ? Vous qui aimez tant les raifonnemens, en voilà un, répondez-y. La chofe n'eft pas difficile, répondit-elle : Filles du Deftin comme nous le fommes, ce qui feroit impoffible aux mortels, nous devient aifé ; s'il ne peut révoquer fes arrêts en notre faveur, il les adoucit du moins, & nous laiffant fous lui la conduite duire de l'Univers, nous permet de favoriser les objets sur qui nous voulons exercer notre clémence. Vous ne doutez pas, je crois, de mon amitié, & vous devez vous souvenir qu'avant que Néadarné partît, je vous ai dit, qu'en cas que Jonquille n'en agît pas généreusement, il ne trouveroit qu'une ombre qu'il prendroit pour elle. Mais puisque vous pouvez faire cela pour moi, pourquoi, dit-il encore, ne l'avez-vous pas fait pour vous? Qui vous empêchoit de substituer une ombre à votre Cormoran; & de terminer par-là sa pénitence? Jonquille s'en seroit apperçû, reprit-elle, Cormoran devoit rester si long-tems en son pouvoir, & il l'a employé à tant d'usages pendant sa captivité, qu'il ne m'auroit pas été possible

fible de le tromper là - deffus.
Vous verrez , reprit Tanzaï ,
que l'ufage qu'il doit faire de la
Princeffe , le rend plus aifé à être
trompé. En vérité ! le Deftin
votre Pere ordonne d'étranges
fottifes , & vous les réparez par
de finguliers moyens. Oh ! répondit Mouftache , vous ne méritez pas d'être raffuré , ni que
Néadarné vous aime avec tant de
délicateffe ; quand elle ne pourroit éviter Jonquille , il vous fié-
roit mal de le lui reprocher ; &
quand il fut queftion pour vous
de paffer une nuit avec Concombre , vous fites moins de difficulté que Néadarné n'en feroit en
pareil cas. Vous crutes ridicule-
ment que le plus bel objet de la
terre vous tendoit les bras , vous
vous livrâtes en infenfé à tout ce
que vous dit la Choüete ; & fi

la

la Princeſſe ſçavoit à quel point vous lui futes infidele, je ne répondrois pas, que, malgré ſa vertu, elle ne ſentît quelque douceur à vous en punir. Au nom de Cormoran ! Mouſtache, dit Tanzaï confus, ne lui parlez jamais de cette déteſtable Iſle des Couſins; elle ne fut que trop bien vangée, & ſi, comme je n'en doute point, vous ſçavez le reſte de l'Hiſtoire, vous devez me rendre juſtice, & vous n'ignorez pas que le deſir de la revoir, m'en fit plus faire que celui de mon rétabliſſement. Je vous garderai volontiers le ſecret, dit la Fée, mais ſoyez plus tranquille, & ne m'outragez pas au point de douter toujours de mon pouvoir, il va plus loin que vous ne penſez. Le Prince lui promit tout ce qu'elle voulût,

lût, mais son inquiétude étoit si
forte, qu'il ne put un moment
la suspendre, & que la Fée impatientée de ses plaintes, fut
obligée de le faire dormir trois
ou quatre fois dans la journée,
encore n'auroit-il fait que de
mauvais songes, si Moustache,
pour l'interêt de la Princesse, ne
lui en eût procuré d'agréables.

CHA-

CHAPITRE XIV.

Plus néceffaire qu'agréable.

TAnzaï fortoit à peine d'une de ces gracieufes illufions, que la Fée lui préfentoit, lorfqu'il vit arriver la Princeffe ; il venoit, en rêvant, de la voir, infenfible aux feux de Jonquille, refufer fa guérifon, & le Génie touché de tant de vertu, la lui procurer fans en prétendre aucune reconnoiffance. Ce fonge l'avoit difpofé à bien recevoir Néadarné : Il courut au-devant d'elle, mais quand il la vit couverte des préfens de Jonquille, & menée par Cormoran, il ima-

gina

gina que la délivrance de ce
Prince lui avoit coûté plus d'une
complaifance , & que fi elle
avoit été fi vertueufe, Jonquille
l'auroit plus eftimée, mais ne lui
auroit pas tant accordé. Toute
fa jaloufie fe réveilla , il la regarda fombrement , & répondit
avec hauteur aux civilitez de l'a-
mant de Mouftache. A peine
cette Fée eut-elle entrevû Cormoran , que fa Métamorphofe
ceffa , & que fous les habits les
plus galants , Tanzaï & la Princeffe virent une femme grande ,
un peu féche , l'air coquet, mi-
naudier & précieux , qui fe pré-
cipita dans les bras de Cormoran : Elle avoit réellement du
côté gauche , une Mouftache à
la Chinoife , qui fut la premiere
chofe que baifa Cormoran , &
qui , felon Tanzaï, faifoit fur le
                              vifage

visage de la Fée, un effet assez ridicule. Comme il étoit de mauvaise humeur, il examina Cormoran pour le critiquer.

Après le portrait charmant qu'en avoit fait Moustache, il s'attendoit à voir une personne miraculeuse, & ne fut pas fâché quand il vit dans ce Prince si vanté, une petite figure haute de quatre pieds, grêle & contrainte, & qui ne lui parut avoir pour tout agrément qu'un air fade & doucereux, qui annonçoit le caractere de son esprit, & la possession où il étoit de plaire aux femmes de l'espece de la Fée. Dans un autre tems, Tanzaï s'en seroit plus diverti, mais la colere où il étoit contre Néadarné, ne lui permit pas d'y faire une plus longue attention.

Cette Princesse s'étoit appro-

chée

chée de lui en tremblant , &
pendant que les deux amans réu-
nis fe difoient tout ce qu'un
amour long-tems malheureux ,
& enfin fatisfait , peut infpirer
de tendre , Tanzaï , l'œil farouche , & dans un morne filence ,
fe refufa à fes embraffemens.
Que vous êtes cruel ! lui dit-elle.
Cher Prince , que vous répon-
dez mal à ma tendreffe ! je n'ai
point mérité tant de mépris. Allez , Madame , lui dit-il avec
fierté , allez retrouver Jonquille,
& oubliez-moi à jamais. Je ne
l'ai pas cherché , répondit-elle ,
vous feul m'avez contrainte à ce
funefte voyage, je ne vois pas
pourquoi.... En vérité ! Prince ,
dit Mouftache , qui, à leur que-
relle , s'étoit rapprochée d'eux ,
vous êtes bien injufte de toutes
façons : & fi vous fçaviez combien

bien vous aurez à rougir de votre jalousie, vous ne la témoi-
gneriez pas si hautement. Écou-
tez-moi, continua-t'elle, en le
tirant à part, vous devez vous
souvenir de ce que je vous ai
promis au sujet de Concombre,
je vous manque de parole dans
l'instant que vous m'en manque-
rez. Je ferai plus, je vous prou-
verai l'innocence de la Princesse;
mais pour vous punir de vos in-
justes soupçons, je vous en prive
à jamais. Ce qui s'est passé dans
cette Isle, vous inquiete, il seroit aisé de vous convaincre par
le témoignage de Cormoran, qui
n'a pas quitté un instant Néadarné, que plus délicate que vous,
ce Génie, malgré sa beauté &
sa puissance, en a été rebuté :
Mais voulez-vous des preuves
plus fortes, & dont l'évidence

S 2   con-

confonde votre incredulité? Vous
fçavez ce qu'étoit Néadarné ,
ne vous en rapportez qu'à vous-
même fur ce qu'elle eſt aujour-
d'hui. Perdez dans les plus tendres embraſſemens cette ſombre
jalouſie que la Princeſſe ne vous
pardonneroit peut-être pas ſi
elle duroit plus long-tems , &
ſouvenez-vous , quand même
vous ne la trouveriez pas telle
qu'il la faut pour calmer vos
ſoupçons , que de tous les hommes du monde , vous êtes celui
à qui , de toutes façons , la
plainte & le reproche ſeroient le
moins permis. Allez expier à ſes
pieds le crime de l'avoir ſi injuſ-
tement outragée , & ſans perdre
du tems à l'interroger , diſpoſez-
la doucement à vous donner des
preuves complettes , & de ſa vertu & de ſa tendreſſe pour vous.

Tanzaï

Tanzaï ne fçachant que répondre à la Fée, revint à Néadarné d'un air aussi soumis qu'il l'avoit eu fier, & Mouftache étant fortie avec Cormoran avec qui elle avoit aussi à s'éclaircir de bien des chofes : Si j'en crois Mouftache, & l'eftime que j'ai pour vous, lui dit-il, vous ne m'avez point trahie, mais pardonnez à ma délicatesse, fi j'ai pû douter de votre vertu : Pour ne pas craindre, il auroit fallu que je ne vous euffe point aimée, & je me fuis trouvé dans des circonftances fi cruelles pour mon amour, fi dangereufes pour vous, qu'il ne m'a pas été possible d'être fans inquiétude. Ce fatal Oracle qui ordonnoit que vous allaffiez trouver Jonquille, l'emploi de ce Génie, votre beauté, que de raifons pour trembler !

&

& qu'il me feroit doux que votre tendreſſe pour moi vous eût
fait ſurmonter tant d'obſtacles !
Ah Seigneur ! répondit Néadarné en pleurant, je n'ai pas ceſſé un
moment de vous aimer. Toujours préſent à mon idée, Jonquille, malgré ſes ſoins, n'a pû
toucher un cœur que vous poſ-
ſedez tout entier. Ce Génie,
ſans doute, étoit preſſant, reprit Tanzaï, il ſembloit que
vous lui fuſſiez deſtinée, il vous
aura trouvée belle, il étoit maître ! Ne vous ſouvient-il plus,
Seigneur, répondit Néadarné,
du changement affreux qui s'eſt
fait dans ma perſonne la nuit qui
a précedé mon départ, & croyez-
vous, qu'en cet état, je dûſſe
lui inſpirer des deſirs ? Mais, reprit-il, c'étoit à lui à faire diſ-
paroître cette laideur, que ſeul

il

il avoit caufée, & j'ai peine à croire qu'il ait eu plus d'égards pour vous que pour celles des femmes de cette Ville, qui é-toient dans le même cas que vous. Il ne m'a pourtant pas con-fonduë avec elles, répondit **la Princeffe**, & fans fçavoir à qui je dois le retour de ma beauté (puifque vous trouvez que j'en ai) j'ai bien-tôt paru à fes yeux telle que je parois aux vôtres. A cet égard, reprit le curieux Tan-zaï, vous n'avez pas eu befoin d'implorer fon fecours, mais en quel état revenez-vous ? Portez-vous encore des marques de la vengeance de Concombre, & le Génie vous a-t'il été pour cet article, auffi inutile que pour l'autre ? Seigneur, dit-elle en baiffant les yeux, comme ce n'eft pas moi qui me fuis apperçûë

çûë de ma premiere métamorphofe, ce n'eft pas encore à moi
à décider s'il ne nous refte plus
rien à defirer à l'un & à l'autre.
Vous fçavez du moins, continua
Tanzaï, fi Jonquille a été fenfible à vos peines, & vous m'obli-
gerez de me dire quelle a été auprès de vous *fa fainte volonté*,
pour m'exprimer felon les paroles de l'Oracle. Jonquille, reprit-elle, a commencé par loüer
avec exagération le peu d'agrémens que je puis poffeder, il
m'a forcé de lui apprendre quel
étoit le fujet de mon voyage, il
a plaint mon malheur plus qu'il
ne méritoit de l'être, & m'a dit
enfin que l'unique moyen d'effa-
cer l'enchantement de Concombre étoit de me livrer à fes defirs. Eh bien ? Interrompit Tanzaï en rougiffant. Eh quoi ! Seigneur,

gneur, dit-elle, vous fçavez que je vous aime, & vous m'inter-rogez ! mais enfin, qu'avez-vous répondu, repliqua le Prince ? Tout ce que ma paſſion pour vous, a dû me faire répondre, reprit-elle. Après cette premiere tentative, continua Tanzaï, a-t'il été découragé ; n'a-t'il pas cherché à vaincre vos rigueurs ? Vous méritez qu'il cherchât à vous acquérir, & je ſens qu'à ſa place, je ne ſerois pas reſté in-ſenſible à une beauté telle que la vôtre.

Seigneur, dit-elle, malgré le peu que je vaux, mes rebuts l'ont choqué. S'il n'a pas été d'abord reçû comme il s'en étoit flatté, il a crû que ſes ſoins pour-roient me faire accepter ſon hommage ; il m'a tenu les diſ-cours les plus tendres ; & plus

touché, à ce qu'il difoit, de ga-
gner mon cœur, que des plaifirs
dont des beautés plus faciles le
laiffent jouir, fans qu'il lui en
coûte des foins, il n'a rien épargné pour me convaincre que j'a-
vois fait fur lui la plus forte im-
preffion. Les fêtes les plus fuperbes m'ont déclaré fon amour.
Plus fouveraine dans fon Ifle,
que lui-même, j'ai vû fes Sujets,
à fon exemple, s'humilier devant moi ; l'amant de Mouftache qui languiffoit dans la plus
cruelle captivité, a vû tomber
fes chaînes & finir fes tourmens,
je l'ai enfin délivré.... Mais,
ce Génie pour prix de tant de
foins, n'a-t'il rien exigé de vous?
interrompit Tanzaï : Soumife à
fon pouvoir fuprême, dans le
tems même qu'il le dépofoit entre vos mains, n'a-t'il pas cherché

ché à l'exercer fur vous ? Comment enfin votre guérifon vous
a-t'elle été procurée ? Le Génie,
reprit-elle, s'eft laffé de mes refus
autant que je me laffe de vos
queftions : Plus amoureux que
vous, & moins injufte, il a ref-
pecté mes pleurs ; je ne fcais fur
qui font tombés fes tranfports,
je ne fcais moi-même en quel
état je fuis fortie enfin de fon
Ifle : Je me retrouve avec vous,
vous me faites fubir le plus inju-
rieux examen ; fans mémoire &
fans reconnoiffance , vous ne
vous fouvenez pas que vous feul
m'avez envoyée à Jonquille ,
vous oubliez la répugnance que
j'ai euë à vous obéïr. Eh bien ,
confommez vos injuftices , rom-
pez les nœuds qui nous attachent
l'un à l'autre , & puifqu'enfin
vous voulez me forcer à vous

T 2　　haïr....

haïr.... Ah Princeſſe ! dit Tanzaï, en ſe jettant à ſes genoux,
je reconnois tous mes torts,
épargnez-moi votre haine, épargnez-moi un malheur qui de
tous, ſeroit pour moi le plus affreux. Oui, je crois que toujours tendre & fidelle, vous n'a-
vez pas cédé aux tranſports de
Jonquille, mais que vouloit
donc dire l'Oracle, & ſi vous
êtes telle que mes tranſports vous
ſouhaitent, par quel moyen ſuis-
je échappé à l'affront qui ſembloit m'être deſtiné ? Je vous ai
déja dit, Prince, reprit Néadarné, que je ne ſçais ſi Concombre
n'eſt plus à craindre pour nous,
j'ai cependant lieu de ſoupçonner que ſa colere ne pourra plus
troubler nos jours.

Jonquille ennuyé de ma réſiſtance, après avoir tenté auprès

près de moi tout ce que l'amour peut suggérer de séductions, me laissa enfin à moi-même. Je fus conduite dans un appartement dont je fermai toutes les portes sur moi; couchée sur un canapé, j'y déplorois ma situation; je me mis à rêver profondément à mes malheurs, je m'endormis, & après le songe le plus funeste pour ma pudeur & pour mon amour, songe! qui toute éveillée que je suis, me remplit de terreur & de honte, je crus m'appercevoir d'un changement considérable.... Ah Singe barbare! s'écria Tanzaï, il ne me manque plus rien, & ce songe fatal ne me dit que trop combien mes craintes étoient justes. Je ne conçois pas bien, reprit la Princesse, d'un air de courroux, d'où peuvent naître ces transports, &

quelle peut être l'offenfe que
j'ai commife envers vous ? jufques ici, telle a été la confor-
mité de nos avantures, que j'ai
crû que vous ne deviez pas vous
étonner qu'un fonge finît les
miennes. Punis tous deux de la
même maniere , pourquoi ne
nous auroit-on pas donné le même remede ? Ah ! s'écria Tanzaï,
plût aux Dieux cruels qui me
pourfuivent, que je n'euffe point
à leur reprocher ce remede affreux qui vous coûte fi peu de
remords ! Eh bien , Seigneur ,
répondit Néadarné , livrez-vous
à votre colere , vous ne cherchez
qu'à me trouver coupable , je
confens à l'être. Faites une réa-
lité de mon fonge , oubliez que
je ne vous ai jamais reproché celui qui vous peignit Concombre
fi digne de vos defirs : oubliez
que

que j'aurois pû fans crime me livrer à Jonquille , mais laiffez-
moi auffi vous fuir pour toujours, & puifque vous ne me ju-
gez plus digne de votre eftime ,
ne me parlez jamais de votre
amour.

La Princeffe prononça ces paroles d'un ton fi abfolu , & mar-
qua tant de courroux , que Tanzaï dominé par fa tendreffe , ceffa fes reproches , & fe fouve-
nant de l'épreuve que Mouftache lui avoit confeillée , voulut
calmer Néadarné , & l'embraffant avec tranfport , la réduifit
au point de ne lui rien refufer ,
malgré fa colere. Ah Barbare !
lui dit-elle tendrement , laiffez-
moi , vous ne m'aimez plus.
Tanzaï occupé à fatisfaire fon
amour & fa curiofité , ne lui répondit qu'en redoublant fes ca-

T 4 reffes,

reffes , & Néadarné vaincuë par
fa paffion , ne s'oppofa plus à
une épreuve qui affuroit pour
toujours fa gloire & fa tranquillité.

CHA.

CHAPITRE XV.

Comme quoi les plus fins y sont pris. Arrivée de Barbacela. Retour à Chéchian. Différens sur l'Ecumoire terminés à l'amiable. Fin de l'Histoire.

C'Est pourtant une belle chose que les enchantemens, car il est de notorieté publique, que la Princesse n'en avoit pas été quitte avec Jonquille pour un rêve, & il est tout aussi vrai que Tanzaï, qui ne sçavoit rien du secret de Moustache, fut obligé d'avouer que sa défiance avoit été injuste. Aussi, Néadarné qui n'avoit pas un médiocre interêt

à

à lui calmer l'esprit, avoit-elle, avant de sortir de l'Isle, prononcé trois fois sur sa personne, les paroles mystérieuses : Pendant tout le chemin qu'il y avoit de l'Isle, à la Ville Bleuë, elle les avoit redites, & l'on peut penser que dans la situation où elle se trouvoit, elle ne crut pas hors de propos de s'en servir encore. Cet enchantement qu'elle avoit répeté tant de fois, sans imaginer qu'il tirât à une certaine conséquence, l'avoit déguisée au point qu'il s'en falloit peu qu'elle n'eut encore besoin du secours du Génie. Tanzaï impatienté de tant d'obstacles, fit d'inutiles efforts pour les surmonter ; ni sa tendresse, ni son courage, ne lui servirent. Transporté d'amour & de plaisir : ah Princesse, s'écria-t'il, quel est mon malheur !

heur ! mais quelle eft votre vertu !

Eh quoi ! Prince, lui dit-elle
tendrement, toujours des plaintes ! Auriez-vous mieux aimé
que je vous euffe mis hors d'état
d'en faire de cette efpece ? Ah !
pourquoi, dit Tanzaï, qui ne
fentoit alors que fa paffion, pourquoi avez-vous tout refufé à
Jonquille ? Quelles feront nos
reffources ? Hélas ! après ce fonge que vous venez de me reprocher, je n'eus pas befoin du
moins de recourir à un fecond
voyage, y ferez-vous condamnée ? Mais dites-moi, je vous
en conjure quel eft donc ce fonge, qui, chez Jonquille, s'eft
offert à vos efprits. Permettez-
moi plutôt, répondit Néadarné, d'en oublier toutes les circonftances. Quoique convaincu

à

à préfent que ma fidelité a été réelle, vous avez trop de délicateffe pour entendre, fans émotion, le détail d'une chofe auffi defagréable, & je vous aime trop vivement pour qu'il ne me perçât pas le cœur. Oubliez donc à jamais cette Ifle fatale, & daignez ne m'en rappeller jamais le fouvenir. Au refte, ne foyez plus inquiet fur ma guérifon, Mouftache aujourd'hui rentrée dans tous fes droits, s'oppofera à Concombre, & Barbacela, fans doute, nous aidera de fa puiffance; ainfi, ajouta-t'elle, allons retrouver la Fée, & ne vous obftinez pas davantage à mon defenchantement, vos efforts feroient inutiles. Tanzaï, qui étoit le Prince du monde le plus opiniâtre, ne fut pas d'abord de cet avis, mais obligé

bien-

bien-tôt de reconnoître que Néadarné lui avoit dit vrai, il sortit avec elle pour rejoindre Mouftache & Cormoran. Il seroit difficile de rendre ici tout ce qu'en cette occasion il disoit de tendre à la Princesse : Qu'on se figure un homme éperduëment amoureux, & jaloux au dernier point, qui a tout à craindre, & qui est convaincu de toutes façons, qu'il est échappé au péril qui le menaçoit. Ils ne furent pas long-tems sans rencontrer Mouftache, qui panchée nonchalament sur son spirituel Cormoran, sortoit du jardin. La Fée s'apperçut aisément à l'air satisfait de Tanzaï, que Néadarné étoit dans son ame, hors de tout soupçon ; & pendant que les deux Princes se renouvelloient leurs politesses : eh bien, dit

Mouftache

Mouſtache à Néadarné, en la tirant à part, comment s'eſt paſſé l'éclairciſſement ? A cet égard, reprit la Princeſſe, je n'ai rien à ſouhaiter, mon époux ſe croiroit criminel de me ſoupçonner : Mais Mouſtache, je ne me conſolerai jamais de ce qui s'eſt paſſé avec le Génie, & je me reprocherai toujours l'artifice dont je viens de me ſervir avec Tanzaï. Je conçois, répondit la Fée, que les deux choſes dont vous me parlez ſont pour une perſonne auſſi vertueuſe, & auſſi ſincere que vous, ce qui peut arriver de plus cruel, mais l'une & l'autre étoient néceſſaires ; ne vous en occupez donc plus. Ah Mouſtache ! repliqua-t'elle, eh le moyen que je ne m'en occupe pas ? Jonquille m'a menacée de prendre la figure de mon époux,

quand

quand il voudroit m'arracher
des faveurs, & je fuis fi frappée
de la crainte qu'il n'exécute fes
menaces, qu'à l'inftant même je
doutois fi c'étoit lui, ou Tanzaï
qui exigeoit de moi une explica-
tion. Serai-je toujours dans la
même crainte ? Quand il arriveroit que Jonquille uferoit de ce
ftratagême pour vous voir, reprit la Fée, qu'en coûteroit-il à
votre vertu ? D'ailleurs vous ne
pourrez jamais que le foupçon-
ner. Ah ! n'en eft-ce pas affez,
s'écria Néadarné ? Au nom des
Dieux ! délivrez-moi de cette
crainte. Je ne puis, répondit
Mouftache ; le Génie, qui vient
de fortir de la léthargie où vous
l'aviez plongé, au defefpoir de
votre fuite, forme dans ce moment même le projet de vous aimer toujours, & ne fe confole
de

de vous avoir perduë que par la certitude où il eſt de vous revoir. Mais , continua-t'elle , n'allez pas découvrir au Prince , les craintes que vous inſpire Jonquille ; ſoupçonneux comme il l'eſt , il vous obſerveroit ſans ceſſe , & vous rendroit malheureuſe à force de délicateſſe. Il faut cependant que vous haïſſiez bien Jonquille , pour que l'idée de vous retrouver avec lui vous afflige ; la nuit derniere , il vous étoit moins odieux. J'ai ſuccombé , repartit la Princeſſe , à la rigueur de mon ſort , mais mon cœur toujours fidelle , n'a pas perdu un inſtant l'image de Tanzaï : Il y auroit bien , reprit Mouſtache , quelque choſe à vous répondre là-deſſus , mais une plus longue converſation ſeroit peut-être ſuſpecte à votre époux,

époux, & je veux revoir Cormoran.

En achevant ces paroles, elles
fe rapprocherent des deux Princes, qui, déja les meilleurs
amis du monde, differtoient enfemble fur l'harmonie de la Vielle. Ils reprenoient tous le chemin du Palais où ils étoient lo-
gés, lorfqu'un char brillant, &
traîné par des Papillons, vint du
haut des airs s'abattre auprès
d'eux. A ce pompeux équipage,
ils reconnurent la bienfaifante
Barbacela. Tanzaï courut au-devant d'elle avec d'autant plus de
joye, qu'il crut en la revoyant,
tous fes malheurs terminez. Cette Fée embraffa avec tendreffe
Mouftache & Cormoran, & les
félicita tous deux d'une réunion
fi long-tems defirée. Pour vous,
Prince, dit-elle à Tanzaï, vous

avez bien souffert depuis mon
absence, & la Princesse n'a pas
été exempte de tourmens. Le
Destin irrité de votre desobéïs-
sance, à ma priere enfin s'est cal-
mé ; je revois avec plaisir sur
vous, l'Écumoire enchantée,
& si Saugrenutio consent à ce
qu'on lui demande, à l'abri des
persécutions de Concombre,
vous passerez les jours les plus
heureux.

J'ai peine à croire, dit Tanzaï, que vous veniez à bout de
le persuader, il est sur l'article
de l'Écumoire d'une opiniâtreté
invincible : En vain tout l'État
s'est armé contre lui, rien n'a
pû le vaincre. J'ai, répondit
Barbacela, un moyen sûr pour
le faire obéïr. Mais montez dans
ce char, nous allons tout-à-
l'heure être transportés à Chéchian,

chian , & c'eſt-là que vous joui-
rez d'un plein repos. Tous les
amans obéïrent à la Fée , & le
char ſecondant leur impatience ,
leur fit voir bien-tôt la capitale
de la Chéchianée. On ne peut
exprimer la joye de Céphaès en
revoyant les deux époux : Après
bien des careſſes & des queſ-
tions , la Fée manda Saugrenutio. Pendant l'abſence du Prince , les choſes avoient changé de
face , le Patriarche étoit mort.
Le Grand-Prêtre aſpiroit ſecre-
tement à cette dignité , mais
comme elle dépendoit entiére-
ment du Roi , il voyoit peu de
jour à l'obtenir , à moins qu'il
ne devint docile ſur l'article de
l'Écumoire. Ambitieux comme
il étoit , l'Écumoire l'effrayoit
moins depuis qu'il y voyoit at-
tachée une auſſi grande place.

V 2   Mal-

Malgré fa rebellion, il n'auroit pas héfité alors à la lécher, fi elle n'eut été que d'une groffeur ordinaire ; mais à la honte qu'il trouvoit à fe rétracter, fe joignoit encore la douleur qu'indubitablement elle lui cauferoit, & la perte totale de fa bouche. Ces deux motifs étoient les feuls qui l'empêchaffent d'obéir.

Le Roi qui n'avoit pas de plus cher interêt que le falut de fon fils, confentoit à nommer Saugrenutio, Patriarche, s'il fe rangeoit à fon devoir. Un Négociateur habile, député par Céphaès au Grand-Prêtre, lui avoit fait indirectement des ouvertures fur cette affaire, & Saugrenutio étoit en pour-parler lorfque la Fée arriva ; il ne tira pas à mauvais augure d'en être mandé. Le bruit avoit long-tems

couru

couru que cette Fée l'avoit aimé, & que ce fait fût vrai, ou
non, il eſt certain qu'elle avoit
toujours eu pour lui cette ſorte
de conſideration que l'on con-
ſerve pour les perſonnes avec
qui l'on a vécu amicalement.
Auſſi avoit-on été extrêmément
ſurpris quand on ſçut que cette
Fée l'avoit deſtiné à lécher l'Écumoire, & l'on attribua ce mauvais tour qu'elle lui faiſoit, à
quelque dépit ſecret qui l'ani-
moit contre lui. L'arrivée de
Barbacela ne déplut cependant
pas à Saugrenutio, & il ſe rendit à ſes ordres dans l'inſtant
qu'il les eut reçus. Approchez,
lui dit Barbacela, je ſçais quel
eſt le motif qui vous empéche
d'obéir, & d'écouter vos véri-
tables interêts. Je puis en votre
faveur, lever l'obſtacle qui vous
gêne :

gêne : La groſſeur de l'Écumoire
vous effraye , ne la craignez
plus , je vous promets , foi de
Fée , qu'elle n'aura rien des deſa-
grémens qui vous révoltent contre elle , & j'ai obtenu du Roi
qu'il vous feroit Patriarche, pour
vous payer de votre obéïſſance.
Conſentez-vous à ce que je vous
propoſe ? Oui , dit Saugrenutio ,
& dès demain en préſence de la
Nobleſſe & des Sacrificateurs ,
je lécherai l'Écumoire , puiſqu'enfin il en faut paſſer par-là.
Alors le Prince le complimenta
fort civilement , & le Roi le
nomma ſur le champ , Patriarche de la Grande Chéchianée.
Tout le monde parut content de
cette réunion. Les Sacrificateurs
ſeuls accuſerent Saugrenutio de
lâcheté , & ne conçûrent que
du mépris pour un homme , qui,

à

à ce qu'ils difoient , vendoit l'honneur de la Religion ; pendant qu'il n'y en avoit pas un , qui , pour un moindre prix , ne l'eut vendu bien plutôt. Tanzaï, qui mouroit d'impatience de fe voir poffeffeur de Néadarné , demanda au Grand-Prêtre s'il ne pourroit pas fur le champ lécher l'Écumoire ; il y confentoit , mais la Fée ayant affuré qu'il étoit important que cette cérémonie fût publique , le Prince fe vit encore contraint d'attendre ; & par le confeil de Barbacela , il paffa la nuit éloigné de fa Princeffe , à qui Mouftache tint compagnie , comme Cormoran la tint au Prince. Néadarné avertit Mouftache qu'elle croyoit avoir trop répeté le fecret , & cette généreufe Fée , on ne fçait comment, y mit ordre. Enfin ce jour fi de-
firé

firé arriva. La Fée, le Roi, &
les quatre amans se rendirent de
bonne heure au Temple, où
Saugrenutio revêtu des orne-
mens de sa nouvelle dignité, lé-
cha l'Écumoire avec une grace
surnaturelle, en présence de la
Noblesse & des Sacrificateurs.
Dans le fonds de l'ame, il étoit
outré de s'avilir à ce point, &
pour s'en consoler, il ordonna
par son premier Decret, qu'aucun Sacrificateur à l'avenir ne
pourroit être reçû, sans lécher
aussi l'Écumoire. On imagine
aisément que ce Decret ne passa
pas sans opposition, & qu'il fut
dans tous les tems, une source
de discorde dans la Chéchianée.
Après cette auguste Cérémonie,
chacun retourna au Palais : Barbacela, après avoir assuré les
deux époux d'une constante protection,

tection, & de l'impuissance de Concombre à les tourmenter, retourna dans l'Isle Babiole. Tanzaï se vit au comble de ses vœux ; amoureux autant qu'il étoit aimé, il ne se souvint plus des allarmes que lui avoit causé Jonquille, & la tendre Néadarné perdit dans les bras de son époux, le souvenir de Concombre, & peut-être encore celui du Génie. Moustache & Cormoran, après être restez quelque tems à Chéchian, pour partager les plaisirs de Tanzaï, retournerent auprès de Barbacela, après avoir promis aux deux époux de les venir revoir souvent. Céphaès, las de sa Couronne, la céda à son fils, qui, toujours amoureux, se fit le plus d'héritiers qu'il pût. Néadarné, si elle revit Jonquille, n'en dit rien, & tel fut leur bonheur, que Concombre même devint de leurs amies. Ici, faute d'une plus ample Chronique, finira une des plus extraordinaires Hiſtoires que peut-être on ſe ſoit jamais aviſé d'écrire.

Fin de l'Hiſtoire.

INV. RÉSERVE
Y² 3051